读客科幻文库

跟着读客读科幻,经典科幻全看遍。

与罗摩相会

[英]阿瑟·克拉克 著
刘壮 译

소비의 꽃들

RENDEZVOUS WITH RAMA

Arthur C. Clarke

目 录

第一章	太空卫士	001
第二章	入侵者	004
第三章	罗摩和悉多	011
第四章	会 合	015
第五章	首次出舱	021
第六章	委员会	025
第七章	两个妻子	033
第八章	穿过中轴区	036
第九章	勘 察	041
第十章	深入黑暗	049
第十一章	男人、女人和猴子	061
第十二章	众神的阶梯	068
第十三章	罗摩平原	075
第十四章	风暴警告	081
第十五章	海 边	087

第十六章	凯阿拉凯夸湾	094
第十七章	春　天	103
第十八章	黎　明	109
第十九章	水星警告	115
第二十章	启示录	124
第二十一章	风暴过后	129
第二十二章	柱面海之旅	136
第二十三章	罗摩的纽约	144
第二十四章	"蜻蜓"号	148
第二十五章	处女航	152
第二十六章	罗摩的声音	157
第二十七章	电流风	165
第二十八章	伊卡洛斯	171
第二十九章	第一次接触	175
第三十章	花	183
第三十一章	最终速度	191

第三十二章	海　浪	200
第三十三章	蜘　蛛	207
第三十四章	大使阁下深表歉意	215
第三十五章	特种快递	221
第三十六章	生机人观察员	224
第三十七章	导　弹	231
第三十八章	联合行星大会	235
第三十九章	上级命令	242
第四十章	破坏者	246
第四十一章	英　雄	256
第四十二章	玻璃神庙	258
第四十三章	撤　退	266
第四十四章	宇宙推进器	274
第四十五章	凤　凰	279
第四十六章	插　曲	282

第一章

太空卫士

这种事迟早都会发生。1908年6月30日,莫斯科以三个小时、四千公里的距离,与一场大毁灭擦肩而过——以宇宙的尺度来看,这点儿距离微乎其微。1947年2月12日,又是俄罗斯,只不过是另一座城市,以更加微乎其微的距离躲过一劫——二十世纪第二大陨石在距离符拉迪沃斯托克(海参崴)不足四百公里的地方爆炸了,爆炸威力与问世不久的原子弹不相上下。

这些随机落下的太空炸弹曾经把月球轰击得千疮百孔,而在当时,人类面对它们却束手无策,根本无力自保。1908年和1947年的陨石都落在了野外无人居住的地区,可是到了二十一世纪末,人类的踪迹已经遍布整个地球。地球上已经没有什么安全地区,供陨石炸弹来打靶了。于是,不可避免地……

2077年的夏天出人意料地美丽,这年9月11日,格林尼治标准时间上午9:46,欧洲的大部分居民都看见,东边的天空中出现了一个炫目的火球。短短几秒钟之内，火球就变得比太阳还亮，划过天际——起初没有一丝声响——留下一柱滚滚烟尘。

在奥地利上空某处，火球开始崩溃，同时爆出一连串强烈的激波，导致超过一百万人的听力受到永久损失。这些人很幸运。

一千吨岩石和金属，以每秒五十公里的速度撞向意大利的北部平原，刹那间火光冲天，人类几个世纪的劳动成果被彻底摧毁。帕多瓦和维罗纳这两座城市被从地表抹去，而从天而降的雷霆重击，使得亚得里亚海掀起滔天巨浪直扑陆地，威尼斯最后的荣光也永远地沉入了海底。

六十万人死亡，总损失超过一万亿美元。然而，艺术、历史、科学上的损失——全人类所遭受的潜在损失——根本无法估量。这场灾难就仿佛一个清早之间就打完了一场大战，灾后的尘埃过了好几个月才渐渐沉淀下来，这期间全世界都目睹了自喀拉喀托火山爆发以来最为壮观的黎明和黄昏，然而，没有几个人因此感到高兴。

最初的震惊过后，人类以一种前所未见的决心与团结作出反应。人们意识到，这样一场灾难也许一千年内都不可能再次发生——但也许明天就又会重演。而下一场灾难降临时，后果只会更加严重。

很好。不能再有下一次了。

一百年前，世界远不及今日富裕，资源也更加匮乏，可人类却浪费了大量财富，用于拦截对准自己脑袋发射的、自相残杀的武器。那些努力从来都没有成功过，不过当时所需要的技术也没有被遗忘。如今，这些技术可以在一个无限宽广的舞台上，被用来实现一个更加高尚的目的。人类再也不会允许足以引起末日灾难的巨型陨石突破地球的防卫圈。

于是，"太空卫士"工程启动了。五十年后——以一种出乎设计者们意料之外的方式——工程证明了它的存在价值。

第二章

入侵者

到2130年,火星基雷达能以一天十二次的频率搜寻新的小行星。"太空卫士"的众多计算机能自动计算小行星的轨道,并将信息存入其巨大的存储器中,于是,每过几个月,有兴趣的天文学家就可以查看一下最新收集的统计数据。如今,这些数据相当惊人。

自十九世纪第一年的第一天,人类发现了小行星世界里的巨无霸谷神星起,人类搜集最初的一千颗小行星花去了超过一百二十年的时间。数以百计的小行星被发现了,消失了,然后又被发现了;小行星的数量如此之庞大,以至于有一位天文学家曾怒气冲冲地称之为"天上的害虫"。如果这位天文学家知道如今"太空卫士"正在追踪五十万颗小行星,那他一定会惊掉下巴。

绝大多数小行星都不过是些大号的石头,一座小公园就安置得下；只有五位巨人——谷神星、智神星、婚神星、司法星、灶神星——的直径超过两百公里。几乎所有小行星的轨道都位于火星以外；而"太空卫士"关心的，只是其中朝着太阳飞得足够远到可能对地球构成威胁的极少数。在太阳系未来的全部历史中，这些小行星中又只有不到千分之一的数量会在距离地球不到一百万公里的地方经过。

那个东西被发现时尚在木星轨道之外，根据发现年份和发现顺序，最初它被登记为31/439。它的位置并不稀奇，许多小行星在转身再次奔向其远方的主人——太阳——之前，都会跑到土星轨道附近。小行星中走得最远的图勒-II[①]，与天王星距离十分近，几乎可以将它看作是天王星过去的一颗卫星。

不过，在这样的距离上，它最先是由雷达探测到的，这是前所未有的；显然，31/439的尺寸一定不同寻常。计算机根据回波强度推测，它的直径至少有四十公里；这样一个大家伙，一百年来居然一直没有被人发现。被忽视这么长时间，简直不可思议。

随后，它的轨道被计算出来，这个谜题也随之解决——取而代之的，是一个更大的谜团。31/439没有沿着普通小行星的路径巡游天际，它并不在椭圆轨道上，不会像钟摆一样精确地每隔若干年往返一圈。它是个孤独的星际浪子，这是它第一次也是最

---

① 作者虚构的小行星。图勒为古代欧洲传说中位于世界极北之地"许珀耳玻瑞亚（Hyperborea）"的一个地名。1888年发现的小行星279就被命名为"图勒"，位于小行星带的最外围。——编者注（本书中注释如无特别说明，均为译注）

后一次到访太阳系——它的移动速度太快，太阳的重力场绝对不可能捕获它。它会飞快冲进太阳系，途经木星、火星、地球、金星、水星的轨道，与此同时获得速度，直到它绕过太阳，又一头冲出太阳系，冲向未知的天际。

就是在这个时候，计算机开始闪出"嘿！有好玩儿的啦！"的信号，而31/439也头一次引起全人类的注意。"太空卫士"总部里一阵兴奋，这个星际流浪者也很快有了个正经名字，而不再只是一串数字。很久以前，天文学家们已经把希腊、罗马神话榨个精光；如今他们用的是印度众神的名字。就这样，31/439被命名为"罗摩①"。

连续几天里，新闻媒体吵吵嚷嚷，都在议论这位天外来客，然而，媒体面临一个不利状况，那就是信息十分有限。有关罗摩，人们只知道两个事实——不同寻常的轨道和约略可知的尺寸。就连这些也只是基于雷达回波的强度作出的猜测。通过望远镜观察，罗摩仍旧是一颗十五星等②的暗淡光点——太小了，还不能看个真切。不过随着它向太阳系中心直直切入，月复一月，它会变得越来越亮、越来越大；轨道天文台会赶在它永远消失之前，收集到有关其形状大小的更加精确的信息。时间有的是，也许接下来的几年时间里，人们还会把一艘正常工作的太空飞船扔到罗摩附近，凑上去拍些清楚照片。真正与之会合恐怕不大可

---

① Rama，印度教主神毗湿奴的第七个化身，也是印度史诗《罗摩衍那》里的英雄。
② 天文学术语，指星体在天空中的相对亮度。一般也指"视星等"，即从地球上所见星体的亮度。在地球上看起来越明亮的星体，其视星等数值就越低。

能——罗摩以十万公里的时速穿过行星轨道,切入太阳系,要与之实现物理接触,能量消耗太大了。

于是,全世界很快就把罗摩丢到脑后,不过天文学家可没有。随着时间推移,他们变得越来越兴奋,因为这颗小行星正变得越来越让他们费解。

首先,罗摩的光变曲线①有问题。罗摩没有光变曲线。

所有已知的小行星,无一例外,亮度都会有缓慢变化,时而变亮时而变暗,周期以小时计。早在两个世纪前人们就认识到,这是由小行星自转和它不规则的形状所引起的必然结果。它们在轨道上一圈一圈转个不停,向阳面也在时时刻刻发生改变,其亮度也因此随之变化。

罗摩却没有呈现这种变化。要么是它不自转,要么就是它的表面十分均匀,而这两个解释似乎都不大可能。

这个问题被搁置了几个月,因为所有大型轨道望远镜都忙于自己的常规工作——凝望遥远的宇宙深处——无暇他顾。空间天文学是一项价格不菲的爱好,使用大型设备的花销轻轻松松就能达到每分钟一千美元。要不是一个价值五十美分的电容器报销了,让一个更重要的项目暂时中止,威廉·斯坦顿博士本来也不可能有整整一刻钟的时间,来把玩月球背面直径两百米的反射望

---

① 光变曲线是天文学上表示天体相对于时间的亮度变化图形,通常会显示出一种特定的频率间隔或带状。小行星光变曲线是一颗小行星的亮度相对于时间变化的光变曲线。一般小行星的光变曲线是由其不规则的表面造成的,当它们自转时被反射至地球的亮度也会改变,就会造成周期性的亮度变化,可以用于确认这个对象的旋转速率。

远镜。别的天文学家的倒霉事，让他撞了大运。

直到第二天，轮到他用计算机处理观测结果时，比尔·斯坦顿[①]才知道自己有何发现。到最后，结果出来了，可他花了好几分钟才明白这些数据意味着什么。

其实，罗摩反射太阳光的亮度并非毫无变化，只是变化很小——虽然难以察觉，却不可能认错，而且极有规律。和所有小行星一样，罗摩的确在自转，不过，小行星上的一"天"是几个小时，而罗摩上的一"天"却只有四分钟。

斯坦顿博士飞快地做了些运算，他觉得自己无法相信这些结果。这个微型世界在赤道上的自转速度会达到每小时一千多公里；除了两极，在任何地点着陆都是不要命的尝试。罗摩赤道上的离心力之强，足以把任何松脱的物体以差不多一个标准重力的加速度甩出去。罗摩就像一块翻滚的石头，上面绝不可能长出半点儿宇宙的苔藓。让人吃惊的是，这块滚石居然还能保持完整，至今没有散架，变成千百万块小碎片。

这东西有四十公里宽，自转周期才四分钟——在天文学分类当中，该把它算进哪一类呢？斯坦顿博士想象力还算丰富，总喜欢直接贸然得出结论。如今他想到的结论，却着实让他难受了一番。

满天繁星中，只有一样东西能跟这些描述相吻合，那就是坍缩了的恒星。也许罗摩就是一颗死去的太阳——一颗疯狂旋转的

[①] Bill是William的昵称。

中子球，一立方厘米就有几百万吨重……

就在这时，斯坦顿博士惊恐的脑子里闪过了H. G.威尔斯的永恒经典《星辰》。他第一次读这个故事时还很小，这个故事让他开始对天文学产生了兴趣。尽管两个多世纪过去了，这个故事的魔力与恐怖却没有丝毫减损。台风呼啸，巨浪滔天，城市滑入大海，与此同时，那位天外来客一头撞进木星轨道，又经过地球、跌向太阳，那些景象他永远都不会忘记。不错，老威尔斯笔下的星辰并没有冷却，而是处于白热状态，它所造成的破坏大部分是高温造成的。不过这根本不重要，就算罗摩已经冷却，就算它只能反射太阳的光芒，仅凭重力它一样能像天火一样大开杀戒。

任何大质量星体，只要闯入太阳系就都能彻底扰乱行星的轨道。地球只消朝太阳系内侧——或者外侧——移动几百万公里，就足以打破气候的精妙平衡。要么南极冰帽融化，淹没所有低地；要么就是大洋冰封，全世界都被冻结在永恒的冬季里。不论朝哪个方向，只要轻轻一推，就足以……

就在这时，斯坦顿博士又放松下来，安心地吐一口气。真是胡说八道，他该为自己感到汗颜。

罗摩根本不可能由致密物质组成。任何恒星级质量的物体，都不可能不引起一丝扰动就深入太阳系这么远；倘若出现扰动，那它的行踪一早就该暴露了。毕竟海王星、冥王星和冥后星[①]都

[①] 为作者假想的太阳系第十颗行星，原名为Persephone，即希腊神话冥界王后珀耳塞福涅，并非已被发现的小行星冥后星，即罗马神话中的冥后普洛塞庇娜（Proserpina）。

是这样被人发现的。嗯，像死去的太阳这样大质量的天体，根本不可能悄无声息地溜进来。

从某种意义来说，这挺可惜的。要是能邂逅一颗暗恒星该多么让人激动呀。

哪怕这激动的持续时间……

第三章

罗摩和悉多

太空咨询委员会的这次不同寻常的会议开得简短又激烈。即使是在二十二世纪，人们还是无力避免老朽又守旧的科学家占据关键的行政职位。老实说，这个问题到底能不能得到解决都值得怀疑。

让事情更糟糕的是，太咨委的现任主席是卓越的天体物理学家、（荣誉）教授奥拉夫·戴维森。戴维森教授不但对比星系小的东西压根儿不感兴趣，而且从来都不掩饰这一偏见。尽管连他自己都得承认，如今他的研究有九成都要依靠太空设备，可他一点儿都不为此感到高兴。在他卓绝的职业生涯中，人们起码有三次为他专门发射卫星，结果只证明他的某个热门理论完全是错的。

委员会眼前的问题相当直接。毫无疑问，罗摩不同寻常——可是它重不重要？再过几个月，它就一去不复返了，所以行动时间不多。眼前的机会一旦失去，就再也找不回来了。

火星上很快就要向海王星外发射一枚太空探测器。若是能投下一笔巨款，对这枚探测器进行改装，就可以使之沿着一条高速轨道，迎上罗摩。不过让它与罗摩会合是指望不上了，这将是有记载以来最快的一次擦肩而过，因为这两个物体相遇时，相对速度将达到每小时二十万公里。仔细观察罗摩的时间只有几分钟——真正的近距离观察时间不到一秒钟。不过只要设备合适，这段时间足以解决很多疑问了。

虽然戴维森教授一直对发射海王星探测器一事抱有成见，但这个项目却早就得到批准，而在他看来，在一个烂项目上继续糟蹋钱毫无意义。他的发言十分雄辩，他说追逐小行星的行为十分愚蠢，何况月球上正急需一台新的高分辨率干涉仪，好一劳永逸地验证重新兴起的大爆炸创世理论。

他这样说是个严重的战术错误，因为委员会里有三位成员是改进版稳恒态理论的狂热支持者。他们虽然私心里也和戴维森教授一样，认为追踪小行星是在浪费钱，不过嘛……

戴维森教授的提案以一票之差，被否决了。

三个月后，被重新命名为"悉多[①]"的太空探测器从距离火星较近的卫星火卫一上发射升空。飞行时间为七个星期，然后探测器将在相遇前仅仅五分钟时转入满功率状态，同时放出一组摄

[①] 印度史诗《罗摩衍那》中的女主角，为罗摩的妻子，被视为吉祥天女的化身。

像机分离舱，这些摄像机将飞过罗摩身旁，从而在各个角度对其进行拍照。

第一组照片从一万公里外传回来，让全人类的活动都为之一顿。十亿块电视机屏幕上都出现了一个小小的、毫无特征的圆柱体，随着时间一秒秒过去，圆柱体变得越来越大。等到它变成原来的两倍大小，任谁也没办法继续假装罗摩是个天然物体了。

罗摩的主体是个圆柱体，形状完美得像是在车床上打磨出来的——而这车床的两个顶尖相距足有五十公里。罗摩的两个底面直径达二十公里，都十分平整，只有一面的中心有些细小结构。距离远时还看不出大小，它的样子就像家用热水锅炉，看起来几乎有些滑稽。

罗摩越来越大，直到占据了整个屏幕。它的表面是单调的浅灰色，不仅像月亮一样缺少色彩，而且毫无特征，只在一个地方有个印记。那印记是在圆柱体半腰处，有一公里宽，不知道是污迹还是涂层，看起来像是很久以前被什么东西撞上或是溅上了。

罗摩的外壁飞快旋转，那次撞击也没有留下一丝伤痕，不过正是这块印记让罗摩的亮度产生了轻微的变化，从而给了斯坦顿那个发现。

其他摄像机传来的图片也没有新发现。然而，摄像机分离舱经过罗摩微弱的引力场时，它们的轨道却揭示了另一条重要的信息——这个圆柱体的质量。

罗摩太轻了,不可能是实心的。很显然,罗摩里面一定是空的,这倒没让人感到特别吃惊。

　　人类长久以来一直期待,也一直担心的不期而遇,终于来了。人类即将迎接他们的第一位外星来客。

第四章

会 合

在会合前的最后几分钟,诺顿船长想起了最初的电视转播画面,那些镜头他反复看了很多遍。不过有一样东西,光看电视根本无从体会,那就是罗摩极具压迫感的尺寸。

过去在月球、火星这样的天然星体上降落时,他还从没产生过这样的印象。那些星球本身就是一个世界,人们本来就知道它很大。他还登上过木卫八,体积比罗摩稍大一点儿——现在却简直像是个小不点儿。

这个矛盾很好解释。罗摩是一件人造物体,而且比人类扔进太空的任何东西都要重几百万倍,这一事实彻底扭转了诺顿的判断。罗摩的质量起码有十万亿吨,对任何宇航员来说,想到这一层可不光是心生敬畏,而是倍感恐惧。难怪随着这块精雕细刻、不知年岁几何的圆柱体金属一点点填满天空,诺顿时不时意识到自己的渺小,甚至感到沮丧。

这其中还有一种危机感，这在他过去的经验里从来不曾有过。在过去，每次降落他都知道接下来会怎样。发生事故的可能性永远存在，却绝没有什么能让他吃惊。而面对罗摩，唯一能确定的就是，让人惊叫连声的情况肯定会出现。

此刻，"奋进"号正悬停在圆柱体北极上空不到一千米的位置，就在这缓慢旋转的圆面的正中心。选择在这一面降落是因为这一面对着阳光。自转轴旁边有些让人捉摸不透的低矮结构，随着罗摩的转动，这些构造投下的影子坚定地扫过金属平原。罗摩的北圆面就像个巨大的日晷，度量着其上飞逝而过的、四分钟一天的日子。

对诺顿船长来说，最不需要担心的就是把五千吨重的太空飞船降落到旋转的圆面中心，这和跟大型太空站的轴心对接没什么两样。借由"奋进"号的舷侧推进器，飞船已经与罗摩同步旋转，诺顿对乔·卡尔弗特上尉也十分放心，不论有没有船上新型计算机的帮助，他都能让飞船像雪花一样轻轻落地。

"再过三分钟，"乔一边说，眼睛却须臾不离显示器，"咱们就知道这家伙是不是一堆反物质了。"

诺顿想起一些解释罗摩来历的、让人寒毛倒竖的理论，于是咧嘴笑了。这个猜想不太可能出现，不过万一是真的，要不了多久就会发生太阳系自形成以来最大的一次爆炸。将有整整一万吨的东西发生湮灭，让众多行星短时间内多拥有一颗太阳。

不过任务简报里就连这样微乎其微的可能性都想到了。此前"奋进"号在一万公里外的安全距离上用一个推进器喷嘴朝罗摩喷气。不断扩散的气团扑上目标，结果什么事儿都没发生——如果真的发生湮灭，哪怕只是几毫克的物质与反物质，也足以爆发一场让人惊恐的焰火表演。

和所有太空飞船的船长一样，诺顿也是个谨小慎微的人。为了寻找合适的着陆地点，他曾长时间地仔细观察罗摩的北圆面。深思熟虑过后，他决定放弃最显而易见的降落点——罗摩自转轴上的端点，北圆面的圆心。北极的正中间有个十分显眼的圆盘，圆盘的直径有一百米。诺顿感觉那里很像一间巨大的气闸舱的外闸门。当初建造这个空心世界的生物一定有办法把自己的飞船开进去。从逻辑上讲，主出入口应该就在那里，诺顿心想，让自己的飞船堵住正门可不是个明智之举。

不过这个决定也引出了其他问题。倘若"奋进"号没有降落在自转轴上，哪怕只偏离几米，罗摩的高速自转也会把飞船甩离极点。离心力最初会很微弱，但它会持续存在，无可阻挡。诺顿船长可不想自己的飞船滑过北极的平原，随着时间一分分过去不断加速，一直滑到圆面的边缘，被以一千公里的时速甩进太空。

也许罗摩微弱的重力场——大约是地球的千分之———能避免这一情况。罗摩上的重力场能产生几吨的力，把"奋进"号吸附在平原之上，倘若平原表面足够粗糙，飞船也许就能在极点附近停稳。不过摩擦力的大小还未可知，诺顿船长可不打算拿它来对抗大小相当确定的离心力。

幸运的是，罗摩的设计者已经提供了解决方案。自转轴周围环绕着三个形似碉堡的低矮构造，这些构造直径大约十米。

如果"奋进"号能落在那些构造之间，飞船就会因离心力而产生滑动，最终靠着那些构造停稳，就像船被海浪推着紧靠在码头上一样。

"十五秒后接触。"乔说。诺顿船长紧张起来，守着双联控制台——他希望自己不必用它接手飞船操纵。诺顿船长这下真的意识到，过去的一切都聚焦到即将到来的这一刻。毫无疑问，这是自人类首次登月以来，一个半世纪里意义最为重大的一次登陆。

指挥舱外，灰色的碉堡慢慢上升。反推火箭发出最后一声咝响，随后飞船一震。

在过去的几个星期里，诺顿船长一直不知道此刻他会说些什么。可是这一刻终于到来，历史已经找好了他的演说词，他近乎不由自主地开口了，他几乎没有意识到，这是从历史中传来的回声：

"罗摩基地。'奋进'号已经降落。"

就在一个月前，他还绝不敢相信会有这等事情。收到命令时，飞船正在执行一项常规任务，检查、安放小行星预警信标。罗摩这位不速之客将飞速掠过太阳，然后掉头重新飞向群星，而整个太阳系里，只有"奋进"号这一艘太空飞船能赶在这之前与之会合。即便如此，还是有三艘太阳系勘探局的飞船被抢走了燃料，它们此刻正无助地飘在太空中，等待补给船给它们补充燃料。诺顿心想,恐怕"卡吕普索"①号、"猎兔狗"号和"挑战者"号的领航员很长日子里都不会跟他说话了。

而即便带上了这些额外的燃料,这场追逐仍旧漫长而艰难;"奋进"号追上来时,罗摩已经进入金星轨道内了。别的船都追不上;这是"奋进"号的专属特权,但对接之后他们只能停留几个星期,没时间可以浪费。地球上有上千位科学家情愿拿命来换取这个机会;如今他们只能一边盯着电视,咬着嘴唇,一边心想要是换成是他们,这项任务会怎样完成得更好。他们八成想得没错,不过这根本没的选。天体力学的无情法则已经作出裁决,"奋进"号是全人类中第一艘,也是最后一艘与罗摩接触的飞船。

诺顿时常会收到来自地球的建议,但这些建议丝毫不能减轻诺顿的负担。万一遇上需要他当机立断的情况,根本没人帮得上他。现在同任务中心的无线电延时已经长达十分钟了,以后延时情况还会更加严重。他经常羡慕古代那些伟大的航海家,那时候还没有电子通信技术,他们可以照自己的意思诠释盖着印章的命令,而不必接受指挥中心一刻不停的监控。那些人为何会犯错,谁也不知道。

然而与此同时,他又很高兴有些主意可以交给地球来拿。如今"奋进"号的轨道已经与罗摩合并,它俩也就像是合为一体,冲向太阳。再过四十天,它们就将抵达近日点,在不到两千万公

---

① 希腊神话中的海之女神,也是土卫十四的英文名。

里的距离上，从太阳旁边掠过。这个距离太近了，让人无法安心。"奋进"号要赶在这之前，一早就利用剩下的燃料把自己推入相对安全的轨道。在他们永远与罗摩分离之前，留给他们探索考察的时间大概有三个星期。

在那之后，就该地球忙活了。到时候"奋进"号实际上已经无力自救了，它高速飞行的轨道将让它成为第一艘飞入群星怀抱的飞船——这大概需要五万年。这倒无需担心，任务中心做过保证，无论如何，不管代价多大，"奋进"号都将得到燃料补充——哪怕这意味着必须派出几艘补给船追上去，把每一丁点儿燃料都输送给"奋进"号，然后把补给船丢在太空里。为了罗摩，除了自杀任务，任何风险都值得一冒。

当然，这次任务仍旧有可能害他们有去无回。诺顿船长对此不抱任何幻想。一百年来，人类事务中还是第一次出现完全无法理解的东西。不论是科学家还是政客都无法容忍这种谜团的存在。倘若解开谜团必须付出这样的代价，那么"奋进"号和船上成员就算牺牲掉也在所不惜。

第五章

首次出舱

　　罗摩里安静得像一座坟墓——也许，真是坟墓。所有频率上都没有无线电信号；地震仪也没有发现任何震动，除了一丁点儿轻微的颤抖，而这颤抖无疑是由不断增强的太阳热力产生的；没有电流；没有辐射。这里安静得让人心里发毛，或许有人会想，就算是小行星也该比这里热闹。

　　我们还指望看见什么？诺顿自问。一大群人来开欢迎会吗？他也不知道是该失望还是感到放松。不管怎样，在这里似乎是他说了算。

　　他下令先等待二十四小时，然后才出舱探索。第一天所有人都没怎么睡觉，就连不值班的船员都要么盯着一无所获的探测仪器，要么只是从观察舱里望出去，看着外面形状规则的荒凉地貌。这个世界可有生气？他们一遍又一遍地问自己，它是死了，还是仅仅是在休眠？

第一次出舱时，诺顿船长只带了一个同伴——卡尔·梅瑟少校。梅瑟少校性格强悍，足智多谋，负责船上的生命维持工作。诺顿本就不打算离开飞船的视野，再说万一遇上麻烦，人多也未必更安全。不过为了保险起见，他叫另外两名船员事先穿好太空服，留在气闸舱里待命。

罗摩的重力场和离心力给了他们几克的重量，既帮不上忙，也不碍事。他们只能依靠喷气推进器行动。诺顿告诉自己，要尽快在飞船和碉堡之间用牵引绳连起一张网，这样一来，活动时就不必浪费燃料了。

距离最近的碉堡和气闸舱之间足有十米远。诺顿首先想到的是检查降落时飞船有没有受到损伤。"奋进"号被好几吨力量推着顶在弧形的墙壁上，不过压力被均匀地分散开来。他放下心，开始绕着这个圆形构造飘移，想弄明白它的用途。

飘出去没几米，诺顿就在这看似金属材质的光滑墙壁上发现一处异样的地方。起初他以为这是某种怪异的装饰，因为它看起来不像是具备什么使用功能。金属墙壁上刻着六道辐射状的凹槽，也可称之为窄缝，窄缝里面嵌着六根彼此交叠的长杆，长杆相交处还有个小小的轴心，样子就像是车轮的辐条，只是没有轮辋。可是这轮子嵌在墙里，根本没法儿转动。

这时，诺顿船长越来越激动，他注意到，凹槽在"辐条"末端还要深一些，刚好可以伸进去一只手（爪子？触须？），要是有谁像这样站着，撑着墙，把辐条往外拉，那……

轮子从墙里滑出来，顺滑得有如丝绸一般。这让诺顿无比惊讶,因为他之前十分确信,就算有什么可活动的部件,长年累月的真空环境也早该让它无法动弹了。他发现自己正握着一只舵轮的轮柄,就像古时候风帆时代的船长为自己的帆船掌舵一样。

诺顿很高兴自己的表情被头盔的遮阳面罩挡着,不会被梅瑟看见。

诺顿惊呆了,同时又为自己感到气恼。没准儿他已经犯下了第一个错误。此刻罗摩内部会不会已然响起了警报?他的鲁莽行动会不会触动了某种可能带来严重后果的机关?

可是"奋进"号报告说一切正常,除了罗摩受热发生的轻微蠕变,还有他自己的动作外,船上的传感器什么也没有探测到。

"那么,头儿——要不要转转看?"

诺顿又回想一遍自己收到的指令。"自行判断,谨慎从事。"如果他凡事都要同任务中心沟通,那他就哪儿都去不了了。

"你怎么看,卡尔?"他问梅瑟。

"这显然是气闸舱的手动开关——也许是个应急装置,以防万一动力系统出现故障。不管多么发达的技术,倘若没有这样的预防措施,在我看来都无法想象。"

"而且必须做到万无一失,"诺顿心想,"必须保证使用时不会对整个系统造成危害。"

他握住舵轮上相对的两根轮辐,脚踩着地面,试着转动舵轮,舵轮纹丝不动。

"来搭把手。"他对梅瑟说。两人各自抓着一根辐条,用尽全力也没让舵轮转动分毫。

不过，也没道理认定罗摩上的时针和螺丝起子的转动方向跟地球上一样吧……

"咱们换个方向。"梅瑟建议道。

这一回转得十分轻松，轮子几乎毫不费力就转了整整一圈，然后舵轮吃上劲，顺利地转了起来。

半米外，碉堡的弧形墙壁开始动起来，像贝壳一样慢慢张开。空气泄漏出来，带起一小团灰尘，在灿烂阳光的照耀下，仿佛一缕夺目的钻石碎屑喷射出来。

通往罗摩的道路打通了。

第六章

委员会

布斯博士时常想,当初把"联合行星"总部设在月球真是个错误。在这里,地球势必想要主导联盟的所有事务——就像它主宰这穹顶之外的行星一样。就算非得建在这里,那大概也该建到月球背面,地球上永远也看不到的一面……

当然,现在说这些已然太迟了,而且其实也是别无选择。不管各个殖民地喜欢与否,未来几个世纪里,地球都会是整个太阳系里文化和经济的霸主。

布斯博士出生在地球,直到三十岁才移民到了火星,所以他自认为可以毫无偏见地观察政治形势。他知道,尽管从这里坐穿梭机只要五个小时的路程,但他如今再也回不到母星上去了。布斯博士现年一百一十五岁,虽然身体仍然硬朗,但他大半辈子都生活在火星上,要适应三倍于火星的地球重力,他可调整不过来。他被自己出生的世界永远放逐了,不过他不是那种感情丰富的人，从来都没有为回不到地球而过分沮丧。

让他感到沮丧的，是这么多年以来，他总要时不时地跟一些老面孔打交道。所有的医学奇迹都是好事，而且，他当然也不愿意回到过去——可是围坐在这张会议桌旁的人里，有几位已经与他共事半个多世纪了。不管讨论什么议题，他都清楚地知道这些人会如何发言、怎样投票。他真盼着哪天这些人当中有谁会干点儿什么事情，叫人大吃一惊——哪怕是发个疯也行。

而且别人看他或许也是这样……

罗摩委员会规模仍然很小，工作很好展开，不过要不了多久肯定会大变样。他的六位同事——水星、地球、月球、木卫三、土卫六和海卫一驻联合行星的代表——都亲自到场了。他们非来不可。电子通信可没办法跨越太阳系的漫长距离。长久以来，地球人把即时通信看成是理所当然的事情，有些老资历政客习惯了即时交流，而无线电波在各大行星之间奔波却要花上几分钟，甚至几个小时，他们对此总是无法适应。别人告诉他们，地球和它那些远方的孩子之间永远做不到面对面交流，于是他们半是挖苦半是抱怨地说："你们科学家就不能解决这个问题吗？"地月之间时延只有一点五秒，所以只有月亮能勉强被他们所接受，而这也引出一系列政治上和心理上的后果。正因为太空时代的现状如此，月亮——也只有月亮——会永远都是地球的近郊。

受邀进入委员会的专家当中，有三人也亲自到场了。戴维森教授，天文学家，是老相识了；他平日里脾气火暴，今天却似乎跟往常不一样。布斯博士并不知道，在向罗摩发射第一台探测器之前发生的内讧，不过戴维森的同侪们还没有叫这位教授忘却这件事情。

瑟尔玛·普莱斯博士经常在电视上出现，所以也是熟人，不过她早在五十年前就已经享有盛誉了，彼时广阔的海底博物馆——地中海——的水被抽干，随之而来的是考古学的爆炸式大发展。

布斯博士至今都记得那个振奋人心的年代，古希腊、罗马和十几个其他文明失落的宝藏都在那时得以重见天日。让布斯为定居火星而感到遗憾的事情不多，这便是其中之一。

卡莱尔·佩雷拉，宇宙生物学家，是显而易见的人选；科学史学家丹尼斯·所罗门斯也是如此。康拉德·泰勒的出现却让布斯博士没那么高兴，泰勒是著名的人类学家，他通过研究二十世纪末期比弗利山①居民的青春期礼仪，把学术和性扯到一块儿，并且由此名声大噪。

然而，不论是谁，都不会对路易斯·桑德斯爵士列席委员会持有异议。此人智慧超群，能与之相媲美的大概只有他自己的礼节了。坊间传闻，路易斯爵士只发过一次火，因为别人说他是"当代的汤因比②"。

这位史学大家并没有亲身来参加委员会，尽管今天的大会意

---

① 美国加利福尼亚州洛杉矶西部的城中城，被邻近的西好莱坞和洛杉矶市完全包围，为加州著名的高级住宅区。
② 阿诺德·约瑟夫·汤因比（Arnold Joseph Toynbee, 1889—1975），英国著名历史学家。

义如此重大，他还是固执地不肯离开地球。他的立体影像占据着布斯博士右边的椅子，看起来与真人无异。像是为了让这幻象更加完整，有人还事先在他面前放了一杯水。在布斯博士看来，这种特效不过是些无足轻重的小把戏，不过让人吃惊的是，有那么多众所周知的大人物却孩子气地很乐意同时出现在两个地方。有时候这些电子奇迹会产生极具喜感的悲剧后果。有一回，他参加一场外交欢迎会，有个人想要从一个立体影像中间穿过去——直到撞上去才发现对方是个真人，而更有意思的是看见两个立体影像试图握手……

布斯博士正在胡思乱想，这时火星驻联合行星大使阁下把他的思绪拽了回来，大使清清喉咙，说："诸位，会议开始了。为了应对这个前所未见的局面，此次会议可谓群贤毕至。秘书长给我们的指令是对眼下情形做出评估，必要时向诺顿船长提出建议。"

这番话简洁得过分，其中缘由，每个人却都很清楚。若不是真遇上紧急情况，委员会绝不会与诺顿船长直接接触——说实话，船长八成都不知道还有这么个委员会。因为委员会是个临时组织，隶属于联合行星下的科学署，通过科学署署长向秘书长负责。当然，太空勘探局也是联合行星的一部分——不过勘探局只负责行动，不管科研。理论上，这其实并没有太多分别，不论是罗摩委员会，还是别的什么机构，只要能就此事提供有益的建议，都没道理不该联系诺顿船长。

可是深空通信花销甚高。要与"奋进"号取得联系，只能通过星际通信公司,这是一家独立运营的集团,对账目管理严苛且效率极高可谓尽人皆知。要跟他们敲定通信费的透支额度需要花费很长时间,有人已经在着手此事。可是眼下,星通公司铁石心肠的计算机压根儿不知道有罗摩委员会的存在。

"这位诺顿船长,"地球驻联合行星大使罗伯特·麦凯爵士说,"此人肩负着极其重要的责任。这个人怎么样?"

"我可以回答这个问题。"戴维森教授一边说,手指一边在记忆平板的键盘上翻飞。他皱着眉头,看着满屏的信息,开始概括介绍起来。

"威廉·钱·诺顿,2077年生于大洋洲的布里斯班。曾在悉尼、孟买和休斯敦求学。随后在太空研究院待了五年,主攻推进方向。2102年开始服役,从基层做起——在第三次冥后星考察队中担任上尉,于第十五次在金星上尝试建立基地期间名声大振……呃……呃……这履历堪称模范……地球火星双重星籍……在布里斯班有一个妻子和一个孩子,在洛威尔港有一个妻子和两个孩子,还可以有第三个……"

"妻子?"泰勒故作天真地问。

"不是,是孩子。"教授应声道,说完才发现其他人脸上挂着笑。在座各位一阵轻笑,尽管地球人脸上的艳羡之情多过好笑。地球上太拥挤了,尽管努力了一个世纪,人口还没有降到预期的十亿以下。

"……被任命为太阳系勘探局的考察船'奋进'号船长。五次前往木星的逆行卫星……呃,这可不简单……受命为这次行动作准备时，正在执行一次小行星任务……总算在规定时限之前完成了……"

教授清空屏幕，抬头看看各位同僚。

"时间仓促，这人是唯一的现成人选，看来咱们真是运气不错。本来咱们可能只找得到一个平庸之辈。"他的语气像是在说一个一手拿刀一手举枪，还安了条木腿的太空海盗。

"履历只能证明他能够胜任这项任务，"水星（人口：112,500，持续增长中）大使反对道，"这次的情况前所未有，他会如何反应？"

地球上的路易斯·桑德斯爵士清了清喉咙。一秒半过后，月球上的他也轻咳一声。

"也不是真的前所未有，"他提醒水星人道，"尽管上次出现这种情况已经是三个世纪以前的事情了。倘若罗摩了无生气，或者说上面无人居住——目前来看，所有证据都在暗示的确如此——那么诺顿就相当于一名考古学家，正在发掘一处古迹。"他彬彬有礼地向普莱斯教授一鞠躬，后者点头表示同意，"两个明显的先例就是发现特洛伊城的施里曼①，还有发现吴哥窟的穆奥②。危险并不大，当然，事故也不可能完全避免。"

"可万一有什么陷阱机关呢？那些潘多拉主义者一直都在谈

---

① 海因里希·施里曼（Heinrich Schliemann, 1822—1890）德国考古学家，曾发现了古代特洛伊城遗址（1871年），并曾挖掘过迈锡尼城（1876年）。
② 亨利·穆奥（Henri Mouhot, 1826—1861），19世纪法国博物学家，以重新发现吴哥闻名，著有《暹罗柬埔寨老挝安南游记》。

论这些。"

火星大使插嘴道:"潘多拉?那是什么?"

"一个不可理喻的运动,"罗伯特爵士解释道,脸上露出了外交官所能表现的最尴尬的表情,"这帮人坚信罗摩是个极大的潜在威胁。一个绝对不能打开的魔盒,你知道的。"他疑心水星人是不是真的知道:水星上可不鼓励古典学研究。

"潘多拉——偏执狂①,"康拉德·泰勒哼哼道,"哦,当然,这倒不难想象,可是怎么会有智慧种族想要玩这么孩子气的把戏?"

"嗯,就算不理这些不快,"罗伯特爵士继续说,"咱们还是无法排除一个不祥的可能性——也许罗摩还有活动,只是尚在休眠。若真是如此,那这将是两个文明之间的一次邂逅——而且两个文明的技术水平相差甚远,就好比皮萨罗②之于印加古国,佩里③之于幕府日本,欧洲之于非洲。这些接触,几乎无一例外都导致了灾难性的后果——有的只是一方的灾难,有的是两方都遭了殃。我并非要提什么建议,我只是指出一些先例。"

"谢谢你,罗伯特爵士。"布斯博士回答道。他心想,让两位"爵士"列席同一个小小的委员会,真是个小麻烦。最近几

---

① 潘多拉(Pandora)和偏执狂(paranoia)在英语里字形相似。
② 弗朗西斯科·皮萨罗(Francisco Pizarro,1471—1541),西班牙殖民者,曾征服印加帝国。
③ 马休·佩里(Matthew Perry,1794—1858),美国海军将领。1853年7月8日,佩里率领舰队进入江户湾(今东京湾)岸的浦贺,要求与德川幕府谈判,史称"黑船事件"。

年,几乎每个英国人都有个骑士头衔了。"我相信所有人都考虑过这些值得警惕的可能。可如果罗摩里的生物——呃——心怀歹意,那我们如何行动又有什么影响呢?"

"如果我们什么都不做,他们也许会无视我们。"

"什么——他们可是花了几千年时间,穿越几十亿英里呀!"

这场争论既已引爆,那就停不下来了。布斯博士往后靠着椅子,几乎没怎么说话,只等着他们得出结论。

正如他事前所料,大家一致认为,既然诺顿船长已经打开了第一道门,那就没理由不打开第二道。

第七章

两个妻子

要是他的两个妻子比对过他发出去的视频,那他就有的忙活了。不过诺顿船长这样想时,更多的是觉得有趣而不是担心。现在,他可以录一长段视频,再复制一份,分别加上一点儿简短的私房话,然后把这两份内容相差无几的视频分别发送给火星和地球。

当然,他的两位妻子不大可能去比对视频,这样做太贵了,即便是宇航员家属能享受折扣价,也还是太贵。何况这样做也毫无意义。两个家庭相处融洽,每到生日和结婚周年纪念日,两家还会彼此祝贺。不过,总的来说,幸好两位女士还没见过面,而且可能永远也不会碰面。米尔娜生在火星,所以无法忍受地球过强的重力,而卡罗琳连离家二十五分钟的旅程都受不了。

忙完各项准备工作,船长说:"很抱歉,这次通信晚了一天,不过信不信由你,之前三十个小时我一直在飞船外面……

"别紧张——一切正常,都在掌控之中。两天过去了,不过我们基本上已经穿过了气闸舱组。我们已经找到了门道,早知如此,几个小时就该完成了。不过我们不敢大意,先由遥控摄像机开路,还去所有气闸舱巡逻了十几遍,以确保我们进去之后,气闸舱不会堵了我们的后路……

"每一段气闸舱都只是个可以旋转的圆柱体,气闸舱的一头有一道窄槽。你从这道窄槽进去,让舱体旋转一百八十度——然后窄槽与另一道门对接上,你就能从门里走出来了。不过在这里,得说是飘出来。

"罗摩人做事真是小心谨慎。这种圆柱形气闸舱总共有三段,一段跟着一段,就在外壳里面、入口碉堡下方。就算只有一段气闸舱,我都想不出来怎么可能会坏掉,除非有人用炸药炸掉,可即便如此,还有备用舱,备用舱后面还有一个备用舱……

"这还不算完。最后一段气闸舱通向一道笔直的走廊,差不多有五百米长。跟我们看见的所有东西都一样,走廊看起来相当整洁,每过几米就有几个小壁龛,很可能是安放灯具的,不过现在里面一片漆黑,而且,不怕告诉你,相当吓人。墙上还刻了两道平行窄槽,大概有一厘米宽,贯穿整个巷道。我们猜测这窄槽里有某种穿梭机,用来拖引设备——或者人员——往返走廊两端。要是能让这东西运转起来,我们就可以省去很多麻烦……

"我前面说过,这巷道有五百米长。呃,从地震仪的探测结果来看,这也是罗摩壳体的厚度,所以说,我们显然快要进去了。在巷道尽头,我们又遇见一道圆柱形气闸舱,对此我们一点儿也不觉得意外。

"没错,然后又是一段,跟着又一段。这些家伙似乎做什么都要来个好事成三。我们现在都进了最后一道气闸舱,只等获得地球上的许可,我们就进去。就差几米距离,我们就能进到罗摩内部了。等到悬念揭开,我一定会更加高兴。

"你知道我的副船长杰瑞·科考夫吧?就是那个藏有一屋子真书,结果没钱移民离开地球的家伙。嗯,杰瑞跟我说,在二十一世纪——不对,二十世纪初的时候也出现过类似的情形。有个考古学家发现了一座埃及国王的坟墓,这是第一个不曾遭受劫掠的王陵。他手下的工人要挖出一条路进去,一个墓室又一个墓室,一连挖了几个月,最后终于挖到最后一堵墙了。他们把这道墙砸开,考古学家就举着灯,把头探了进去,结果发现自己置身在满屋财宝当中——都是难以置信的珍品,黄金、珠宝……

"这地方没准儿也是座坟墓,而且越看感觉越像。直到现在,这里还是一丝声音都没有,也没有一丝活动的迹象。嗯,等到明天就知道啦。"

诺顿把录像拨到"暂停"的位置。接下来要分别录一些私房话,工作上的事情,他心想,还有什么要说却没说的?若是往常,他才不会说这么细致,可是当前的状况可一点儿都不比往常。这也许是他此生向他所爱之人发送的最后一段视频,诺顿理当详细告诉她们自己在干什么。

等到她们看见这段影像,听见这些话时,他已经进入罗摩了——不论结果是好还是坏。

第八章

穿过中轴区

诺顿从来都没有与那位故去已久的埃及学家产生过如此强烈的共鸣。自从当年霍华德·卡特第一次窥探图坦卡蒙的墓室以来，人类还从没有再经历过像现在这样的瞬间——然而这样的类比实在是可笑至极。

图坦卡蒙被下葬仿佛近在眼前——连四千年都不到，而罗摩或许比整个人类的历史都要漫长。帝王谷中那座图坦卡蒙的小陵墓，如果放在他们刚刚走过的通道里，很可能一不留神就会被错过，而最后一道气闸舱里面的空间至少还要比这儿大上一百万倍。至于罗摩里面可能蕴藏的宝藏——更是无从想象。

至少五分钟过去了，谁也没有用无线电讲一句话。队员们训练有素，可是一切准备就绪时，他们连句汇报都没有。梅瑟只是比了个准备就绪的手势，然后朝敞开的通道口挥了挥手。仿佛所有人都意识到，这是历史性的一刻，谁也不愿它被琐碎的话语所搅扰。这正合诺顿船长的心意，因为此刻他也无话可说。他打开手电筒，按动喷气推进器的开关，身后拖着保险绳，沿着短短的走廊慢慢飘移。只过了几秒钟，他就进去了。

身在罗摩内部，他的眼前是一片彻底的黑暗，看不到一丝手电筒的反光。他虽然早就料到会这样，却从来没有真的这样确信无疑过。各项计算全都表明，罗摩的另一面墙跟这里相距几十公里。现在他的眼睛告诉他，事实真是这样。随着他慢慢飘进这片黑暗当中，他突然感觉需要再确认一下保险绳的状况，他以前还从没有过这么强烈的感受，连第一次出舱活动都不曾这样。这太荒唐了，他可以面对数以光年乃至百万秒差距[①]计的浩渺太空而毫不晕眩，这里区区几立方公里的空旷为何竟让他如此不安？

保险绳放到头，轻轻地拽住他，让他以肉眼几不可见的速度往回飘，而他此时仍在思考这个问题，并且感到头晕恶心。手电筒的光柱射向前方，却一无所获，他拿手电筒照向下方，检查出来时经过的那一面。

他可能正飘在一个不大的碗状凹面的上方，这个小碗本身又位于一个更大的"碗"的"碗底"。周围向上升起由平台和斜坡组成的建筑物——全都有着完美的几何形状，带有明显的人工痕迹——一直向外延伸到手电筒照不到的地方。大约一百米外，他看见另外两套气闸门系统的出口，跟来时经过的这个一模一样。

[①] 天文长度单位，1秒差距等于3.26光年。

就这些。眼前所见没有什么怪异陌生之处:实际上,这里跟废弃的矿洞有太多的相似之处。诺顿隐约感到一丝失望,作了这么多努力,最终所揭示的真相本该带点儿戏剧性,甚至有些玄妙才对。这时,诺顿提醒自己,他才只看到一两百米的范围。而他视野之外的黑暗中所隐藏的,也许不仅仅是奇观,更可能是他不敢面对的景象。

同伴们还在焦急地等待着,他向众人作了简单的汇报,又说:"我要丢照明弹了——延时两分钟。开始。"

诺顿用尽全力,把这个小小的圆柱体直直地向上——或者说向外——扔去,然后开始读秒,与此同时,照明弹沿着手电筒光柱的方向越飘越远,还不等他数到十五,就已然看不见了。诺顿数到一百,然后遮住眼睛,举起相机。诺顿一向不擅长估算时间。又过了两秒钟,这个世界里猛地爆开一团光亮。这一下,他再也没理由感到失望了。

照明弹尽管亮度能达到几百万烛光[①],却无法照亮这整个巨大的洞窟,不过现在所看到的已经足以让诺顿了解罗摩的大致构造,并且欣赏它宏大的规模了。这是一个空心圆柱体,至少有十公里宽,长度还无法确知,而他就在这个空心圆柱体的一头,位于圆柱体的自转轴上。从他的角度看出去,弧形的墙壁围绕着他,上面的细节如此丰富,诺顿根本看不过来——他只来得及借着一道闪电的亮光,向这整个世界瞥上一眼,同时竭力而又徒劳

---

① 早期的发光强度单位,1烛光等于0.981坎德拉。在现代用法中,1烛光也等同于1坎德拉。

地想要把这一幕烙印在自己的脑海里。

在他四周,"碗底"带平台的斜坡向上延伸,直到与构成天空的厚实墙壁相交接。不对——这个印象是错误的。他必须抛弃自己对大地和空间的本能理解,使用一套全新的坐标系来给自己定位。

在这个怪异的、内外颠倒的世界里,他不是位于世界的最低点,而是位于最高点。在这个位置,任何方向都是"下",而不是上。倘若他离开中轴线,移向弯曲的墙壁——他不能再将之视为墙壁了——重力必将会逐渐增加。等到他抵达这个圆柱体的内表面,那他在内壁的任何一个位置都能直直地站起来,双脚对着外面的群星,头却朝向这面旋转的大鼓的自转轴。这一概念并不陌生——早在人类进入太空之初,离心力就已被用来模拟重力了。罗摩同样如此,只不过它的规模如此庞大,大得让人震惊。就算是人类最大的太空站"同卫5号",直径也不过两百米,而罗摩的尺寸是前者的一百倍,要适应起来,恐怕还得花上一段时间。

这里的大地像根管子围绕着他,地面上光影斑驳,上面没准儿有森林、农田、结冰的湖泊或是死寂的城镇。照明弹距离地面太远了,而且光亮正一点点儿衰弱,没有办法看得真切。地上的细线形成一张依稀可辨、形状整齐的网络,这些细线可能是高速公路,也可能是沟渠,或是整饬的河道。沿着圆柱体向远处看,在目力所及的极限处有一道比别处更黑暗的圆环,绕了罗摩内部世界整整一圈。诺顿突然想起了俄刻阿诺斯[①]的神话,古代人们

[①] 俄刻阿诺斯是希腊神话中的一个提坦,大洋河的河神。大洋河是希腊人想象中的一条环绕整个大地的河流,代表世界上的全部海域。

相信，那片大海环绕着整个大地。

也许，这里的海洋更加奇怪——不是环形的，而是圆筒形的。在进入永夜的群星冻结成冰之前，这片海也有波浪、潮汐、洋流——还有鱼吗？

照明弹火光摇曳，终于熄灭了。目睹罗摩真容的这一瞬间结束了。可是诺顿知道，有生之年里，这些图景将永远烙印在他的脑海中。不论将来还会有何发现，它们都无法抹去这最初的印象。而他是第一个瞻仰外星文明杰作的地球人类，就连历史也无法夺去这一份殊荣。

第九章

勘　察

"我们到现在已经沿着罗摩的自转轴打出去五颗长延时照明弹,所以已经把内部全景都拍摄下来了。主要的地形特征全都标了出来,虽然大部分地标都难以识别,但我们还是给它们起了临时的名字。

"罗摩内部有五十公里长,十六公里宽。两头都呈碗状,并且布局相当复杂。我们把我们这一头称作'北半球',目前正在自转轴上建立第一个基地。

"从中轴区向外有三道梯子,每道梯子都差不多有一公里长,彼此间隔一百二十度。这三道梯子末端都通向一处平台,或者说是一片环形的高地,这高地环绕大碗整整一圈。从那里,沿着梯子的方向继续向前延伸,是三道巨大的扶梯,这三道扶梯一路向下,通到平原上。你可以想象一把巨伞,只有三根伞骨,彼此间距相同,这把巨伞便是罗摩这一端的样子。

"每一根伞骨都是一道扶梯,越靠近自转轴越陡峭,向下越靠近平原,扶梯就变得越平缓。这三道扶梯——我们称之为阿尔法、贝塔和伽马①——并非一通到底,中间还有五处环形的平台。我们估计总共有两三万级台阶……想来这都只是些应急设施,毕竟,要说罗摩人——或者随便你怎么称呼他们——没有更好的办法抵达他们自己世界的自转中轴,这完全说不通啊。

"南半球则看起来完全不同;首先,那边没有扶梯,也没有平坦的中轴区。相反,那边有一根巨大的尖刺——有好几公里长,那尖刺突刺出来,与自转轴重合,周围还有六根小号尖刺。整个布局非常诡异,我们都无从想象这代表什么意思。

"两只大碗之间的圆柱体部分长达五十公里,我们称之为中央平原。这地方明显是卷曲的,却称之为'平原',听起来像是犯傻,可我们觉得这样称呼十分恰切。等我们下去之后,那里看起来就像是平的了——正如在瓶子里爬的蚂蚁,看瓶子内壁也像是平的一样。

"中央平原最让人震撼的特征在它半腰处,是一条十公里宽的黑暗带子,这条带子整整绕了罗摩一圈。那地方看起来像冰,所以我们把它称作'柱面海'。柱面海的正中央有一座巨大的卵形岛屿,大约十公里长、三公里宽,上面布满了高耸的结构。这让我们想起了旧曼哈顿,于是我们叫它'纽约'。不过我认为那里并不是一座城市,它看起来更像是一座巨大的工厂,或是化工

---

① 分别是希腊字母中的前三个字母(α、β、γ)的英语名。

设备。

"不过也有些城市——起码也是镇子。至少有六座,如果这是为人类建造的,那每座城市都可容纳大约五万人。我们给它们起名叫作罗马、北京、巴黎、莫斯科、伦敦和东京……这些城市都有高速公路和像是铁路系统的线路连接。

"这个冰冻死寂的世界里的东西,绝对足够我们研究上几百年。我们需要探索的面积达到四千平方公里,可我们只能在里面待几个星期。从进来起,我就一直被两个神秘疑团所困扰:他们是谁?还有,这里出了什么乱子?不知道这两个问题会不会得到解答。"

录音结束了。在地球和月亮上,罗摩委员会的成员们放松下来,然后开始仔细查看分发到每个人面前的地图和照片。虽然这些材料他们已经研究了好几个小时,但诺顿船长的声音还是传达出一些相片无法传达的内容。他就在那里——在罗摩的漫漫长夜被照明弹短暂照亮的瞬间,他亲眼目睹了这个内外颠倒、非比寻常的世界。并且他还将是罗摩探险队的领袖。

"佩雷拉博士,您一定有什么话想说吧?"

布斯大使心想,是不是其实该让戴维森教授先发言,后者既是首席科学家,也是这里唯一一位天文学家。可是这位年迈的宇宙学家似乎仍然处在震惊当中,眼前的状况显然让他很不自在。从他的职业角度看来,整个宇宙就是一个竞技场,场上互相角逐厮杀的是重力、磁力和辐射力等巨大的自然力。他一向认为,在世间万物的运转当中,生命的角色根本不值一提,在他看来,地球、火星和木星上的生命现象，不过是机缘巧合罢了。

可如今却出现这样一个证据，证明生命不仅仅存在于太阳系之外，而且其成就远非人类所能企及，或者说，未来几个世纪内都别想望其项背。不仅如此，罗摩的出现还动摇了奥拉夫教授多年来一直宣扬的另一个理论。有时候逼不得已，他也会勉强承认，生命也可能在别的星系里出现——但他一向断言，认为外星生命能跨越星际鸿沟或者其他什么的想法都是荒诞可笑的。

诺顿船长认为罗摩人的世界如今成了一座坟墓，倘若他的看法没错，那么罗摩人或许真的失败了。可是至少，他们做过这样伟大的尝试，这一尝试规模宏大，表明他们对结果有着极高的自信。银河系里有上千亿个太阳，这种事情既然能发生一次，在这之前就一定还发生过许多次……总有人，总会在什么地方最终获得了成功。

这就是卡莱尔·佩雷拉博士多年来一直鼓吹的理论，这种理论虽没有证据支持，却受到极高的关注。佩雷拉博士此刻无比高兴，又疲惫不堪。罗摩以宏大的气势证明了他的观点——可他却无法亲身踏足其中，甚至无法亲眼见识它。倘若有恶魔突然出现在他眼前，要帮他瞬间传送过去，那他会毫不犹豫地签下合约，绝不费心去看合约上的那一行小字。

"是的，大使先生，我想我可以提供一点儿有趣的信息。我们所看到的无疑是一艘'太空方舟'。在太空航行的文献资料中，这一概念由来已久，可以追溯到英国物理学家J. D. 伯纳尔①，他在一本书中提出了这样一种星际殖民的方法，那本书出版于1929年——是的，两百年前。而伟大的俄罗斯太空先驱，齐奥尔科夫斯基，更是在他之前就提出了类似的看法。

"要想从一个星系出发去往另一个星系，你有很多种选择。假设光速是个绝对无法逾越的极限——此事尚无定论，尽管不少看法与之相左——"戴维森教授对此嗤之以鼻，不过并没有正式表示反对，"你可以乘坐一艘小太空船来一场快速旅行，不然就在一艘巨型飞船里慢慢前进。

"技术上来说，要让太空船达到光速的百分之九十甚至更快并非不可能。这就意味着去往相邻的恒星要走上五到十年的时间——也许很乏味，但不是不可逾越，对那些生命长达几百年的生物来说，更是如此。你可能会想，这种时间跨度的旅程，只要用一艘比咱们的船大不了多少的太空船就能实现。

"可是一旦加上有效载荷，恐怕就达不到这样的速度了。别忘了，就算只是一次单程航行，你也得带上燃料，好用来在航程末期减速。所以更加合理的办法是慢慢走——走上一万年，十万年……

"伯纳尔等人认为，如果能用方圆几公里的小型可移动世界，带着几千名游客，花上几代人的时间，就可以走完这样的旅程。当然，整个系统必须严格封闭，所有食物、空气以及其他一

---

① 约翰·德斯蒙德·伯纳尔（John Desmond Bernal，1901—1971），出生于爱尔兰，拥有爱尔兰、英国双重国籍。下文提及的著作为《The World, the Flesh and the Devil》，被克拉克誉为"科学预言中最耀眼的尝试"。

切消耗品都要循环利用。当然,地球也是这样运转的——只是规模要大一些。

"有些作者认为,太空方舟应该造成一组同心圆球;其他人则建议打造成不断自转的空心圆柱体,这样离心力就能提供人造重力——正如我们在罗摩上的发现那样——"

这段发言真是拖沓冗长,戴维森教授简直忍无可忍。

"根本不存在离心力。这东西纯属工程师的鬼扯。有的只是惯性。"

"您说得没错,的确如此。"佩雷拉承认道,"虽然如果有人刚从旋转木马上甩下来,要给他解释通这些可有点儿困难。不过要做到数学上的严谨表达似乎也没必要——"

"好啦,好啦,"布斯博士恼火地插嘴道,"我们都明白你的意思,或者说自以为明白。请不要戳破这层假象。"

"好吧,我不过是想指出,尽管罗摩的尺寸惊人,但它在概念上并无新意。人类早在两百年前就已经对这类东西作出了想象。

"现在,我打算提出另一个问题:罗摩究竟在太空里游荡了多久?

"我们如今已经获得了罗摩轨道和速度的精确数据。如果假设它这一路上从来都没有改变轨道,我们可以一路追溯,找到它几百万年前的位置。我们之前以为它会来自附近某颗恒星——可事实根本不是这样。

"罗摩上次途经某颗恒星还是在二十万年前,而且那还是颗不规则变星——大概是你想象得出的最不适合居住的星系。它的亮度强弱变化可达五十倍之差,它的行星每过几年就会在冰冻和炙烤状态之间转换一遭。"

"我有个想法,"普莱斯博士插嘴道,"也许这正好能解释所有事情。也许这颗恒星过去很正常,后来又变得不稳定了。罗摩人也正是因此才不得不寻找新的太阳。"

佩雷拉尊重这位年迈的考古学家,所以不想让她太失望。可是,他心想,要是他指出这在她的专业领域里是显而易见的事情,她会怎么说……

"我们的确考虑过这一点,"佩雷拉和气地说,"可是,如果目前有关恒星演化的理论没错,那这颗恒星从来就没有稳定过——根本不可能拥有产生生命的行星。所以罗摩可能已经在太空中飞行了至少二十万年,或许还不止一百万年。

"如今罗摩里漆黑冰冷,显然已经毫无生气,我想我知道原因。罗摩人当初或许别无选择——也许真的是要逃避某种灾难——可他们算计错了。

"任何封闭的生态系统的效率都不可能达到百分之一百;浪费和损耗在所难免——环境会退化,而污染物则不断积累。如果这是颗行星,要毒害、拖垮它或许要花上数十亿年时间——但这一结果终究会出现。海洋会干涸,大气层也会消散……

"虽然罗摩以我们的标准来看算是体积巨大——然而它仍旧只是颗非常微小的行星。根据罗摩外壳的泄漏速率,以及对罗摩的生物学周转速率的合理猜测,我经过计算得知,罗摩的生态系统只能维持大概一千年。最多,也不过一万年……

"倘若是在银河系的核心,那里的恒星彼此离得很近,以罗摩目前的航行速度,这段时间足够让它完成迁徙。可是在这里,在旋臂稀稀拉拉的恒星之间,这点儿时间却不够用。罗摩就像一艘巨船,不等抵达目的地就已经耗光了它的全部给养。它成了一艘在群星之间漂泊的空船。

"有关这一理论,致命的反驳意见只有一条,不用别人提出来,我先来加以说明。罗摩的轨道直指太阳系,而且瞄这么准,完全不像是巧合。实际上,要我说,此刻它的前进方向距离太阳太近了,让人难以心安:不等它抵达近日点,'奋进'号就得一早离开,以免受热过度。

"我不想假装明白这是怎么回事,也许,尽管罗摩的建造者早已死去,但其上的某种定期自动导航系统仍然在运转,操控罗摩前往最近的宜居星球。

"而罗摩人肯定都死了,我敢拿我的名誉担保。我们从内部取得的所有样本都了无生机——连微生物都没找到。至于说假死理论,各位或许都听说过,不过无需理会。由于一些基础性限制,冬眠技术所能维持的时间只有几个世纪——而我们所面对的时间跨度却要多出上千年。

"所以潘多拉主义者及其同情者根本无需多虑。就我个人而言,我感到惋惜。要是能与另一个智慧种族会面,那该多好!

"可是至少,咱们已经回答了一个古老的问题。我们并不孤独。对我们来说,群星再也不是过去的模样了。"

第十章

深入黑暗

诺顿船长心里痒极了——然而,身为船长,他首先要对自己的飞船负责。万一这第一次探险出现什么严重情况,那他可能就不得不驾船逃离这里。

所以,这次探险任务就交给了一个不二人选,他的二副梅瑟少校。卡尔比自己更能胜任这项任务,诺顿对此心知肚明。

梅瑟是生命维持系统方面的权威,该领域中有几本堪称行业标准的教材就出自他的笔下。他还曾亲手检查过无数种设备,而且往往是在极具危险的条件下进行的。不仅如此,他的生物反馈控制能力更是为人称道,只要稍一凝神,他就能把心率降低一半,同时能够屏息将近十分钟。这些实用的小技巧曾让他在不止一次的事故中保住了性命。

然而,梅瑟尽管能力卓著、才智超群,却几乎毫无想象力。对他来说,再危险的实验和任务也只是件不得不完成的工作。他从来不冒不必要的风险，也对人们通常称之为勇气的东西不以为意。

他桌子上的两句座右铭正可说明他的人生哲学。一句问道："你忘记了什么？"另一句说："不要逞强。"可偏偏人们都说他是整个舰队里最勇敢的人，这每每把他气得够受。

既然选定了梅瑟，第二名人选自然是上尉乔·卡尔弗特。他跟梅瑟一向形影不离，但这两人之间很难找到一丝共同点。这位航海长身材单薄，神经紧张，比梅瑟年轻十岁；他对早期电影情有独钟，而梅瑟对此毫无兴趣。

可是，谁也说不准闪电会劈中哪里，从很多年之前起，梅瑟和卡尔弗特就成了别人眼中的铁哥们儿。这本没什么稀奇，稀奇的是，两人在地球上还有一个共同的妻子，这位妻子还给他俩一人生了一个孩子。她一定是个了不起的女人，诺顿船长真希望有一天自己能见她一面。这种三角形的关系已经持续了至少五年，而且直到今天似乎都还是个等边三角形。

光有两个人还不足以组建一支探险队，人们很早就认识到，探险队最好能有三个人——这样就算损失了一个人，剩下两个人仍可脱离险境，而如果只有一个幸存者就很难逃得生天。思虑再三，诺顿选中了中士技师维拉德·迈伦。维拉德是个机械天才，什么东西都能修好——就算修不好也能设计出更好的东西来——要鉴别外星人的仪器工具，迈伦可谓理想人选。迈伦的本职工作是航天科技大学的副教授，在休过一段漫长的假期之后，他拒绝了一项任命，理由是职业军官更有资格获得晋升，他不愿意挡着别人的道。所有人都不把这个解释当回事,大家都说,威尔①这人一点儿野心都没有。他或许乐意当个太空军士,但绝不想当个正教授。和无数的士官前辈一样,迈伦早就在权力与责任之间找到了最佳的平衡点。

他们飘过最后一道气闸舱,沿着罗摩无重力的自转轴飘出来,卡尔弗特上尉发现自己又在回想一部电影的剧情了——这是常有的情况。他有时候会想,自己是不是该戒掉这个习惯,不过他也看不出这样有什么不好。再无聊的处境也能因此变得有趣,而且说不定哪天还能救他一命——谁知道呢?到时候他会想起费尔班克斯、康纳利和稻垣浩②在类似处境下是如何行动的……

这一回,他身处二十世纪前期的战场上,在一次夜袭当中,他正要翻出战壕,而梅瑟则是一名中士,率领一支三人侦察小队向两军之间的无人区推进。不难想象,三人此刻就在一个巨大弹坑的坑底,只是不知为啥,这个弹坑上还修了一组向上延伸的阶梯。坑里有三道彼此间距很开的等离子弧光灯,把弹坑照得通亮,整个弹坑里面几乎连个影子都看不见。不过坑外——最远处的平台之外——仍是一片漆黑的神秘景象。

卡尔弗特心里十分清楚外面有什么。首先是一圈宽度超过一

---

① Will是Willard的昵称。
② 道格拉斯·费尔班克斯(Douglas Fairbanks,1883—1939),美国默片时代演员、导演,是电影中佐罗的第一任扮演者;肖恩·康纳利(Sean Connery,1930—),英国演员,是电影中邦德的第一任扮演者;稻垣浩(1905—1980),日本早期电影奠基人之一,执导了《宫本武藏》等一系列剑戟片。

公里的环形平地,被三道宽大的梯子平分成三等份。梯子看起来就像是宽轨铁路,梯磴全都嵌在墙壁里面,因此可以毫无阻碍地从上面滑过去。既然整个布局十分对称,他们也没必要在这三道梯子之间费心挑选;为了方便起见,他们决定走距离阿尔法气闸舱最近的梯子。

梯级彼此间距大得让人不舒服,不过这倒没什么。虽然已经到了中轴区的边缘,距离自转轴半公里远,重力也还是只有地球上的三十分之一。虽然身上背着一百多公斤重的设备和生命维持装置,但他们仍能靠双手交替攀爬轻松前进。

从阿尔法气闸舱到凹坑边缘已经连上了牵引绳,诺顿船长和支援小队沿着牵引绳与三人一同走了一程,这之后,在泛光灯所能照亮的范围之外,呈现在众人面前的便是罗摩的漆黑景象了。头灯晃动的光柱只能照亮几百米范围,在灯光下,梯子朝着那一片平坦、毫无特征的平原延伸出去,渐渐看不见了。

这下,卡尔·梅瑟对自己说,我得自己拿第一个主意。我这是在沿着梯子往上爬呢,还是往下爬?

这可不是个无关紧要的问题。他们实际上仍处在零重力环境中,大脑可以随意选择参照系。只要稍一凝神,梅瑟就可以让自己相信,他是在向外远眺一片旷阔平原,还是抬头看一堵竖直的高墙,又或是在一段弧形的悬崖边上向下张望。许多宇航员都曾在进行复杂工作时,因为选错了坐标系而遭遇过严重的心理问题。

梅瑟决定让脑袋朝前,因为不然的话,怎么行动都会十分别扭。不仅如此，这样行动还可以让他更加容易看清前方的情形。于是，在最初的几百米，他都要想象自己是在向上攀爬，一直等到逐渐增加的重力让他难以维持这一幻觉了，他才在脑袋里将方向掉转一百八十度。

他抓住第一级梯磴，轻轻一推，让自己沿着梯子的方向前行。在这里运动起来就像贴着海底游泳，毫不费力——实际上比那还要轻松，因为这里没有水流把人向后拖。正因为行动毫不费力，让人忍不住想要加快速度，不过梅瑟经验相当丰富，他绝不会在这样一种完全陌生的环境里冒冒失失的。

通过耳机，他能听见两个同伴均匀的喘息声。仅凭这一点，他就知道另外两人一切正常，于是没有浪费时间互相交谈。他很想回头看看，不过他想，在到达梯子末端的平台之前，还是不要冒这个险。

梯磴之间都有半米间距。最初梅瑟攀爬时都会隔一级梯磴，不过他很仔细地数着梯级的数量，等过了两百来级，他第一次明显感受到了重量。罗摩自转的影响显现出来了。

到第四百级梯磴，他估计身上的负重感觉有五公斤左右。这虽算不上什么负担，却让他难以继续假装自己是在攀爬了，因为他正被坚定地向上拽去。

第五百级似乎是个歇脚的好地方。他能感受到两条胳膊对这种别扭的运动的反应，尽管所有工作都是罗摩做的，他只需要引导自己的前进方向。

"一切正常，头儿，"他汇报道，"我们刚刚走了一半。

乔,威尔——情况怎样?"

"我挺好——你干吗要停下来?"乔·卡尔弗特回答道。

"我也一样,"迈伦中士说道,"不过科里奥利力①越来越强了。要小心啦。"

梅瑟早就注意到了。每当他松手放开梯磴,他都能明显感觉到自己会向右偏移。虽然他十分清楚,这不过是罗摩自转引起的效果,可感觉上仍然像是有一种神秘的力量正轻轻地把他推离梯子。

既然"下"已经显现出心理上的意义,那么,也许该让双脚走在前面了。这会让他短时间内丧失方向感,但他准备冒这个险。

"小心了——我要掉个个儿。"

他抓牢梯磴,两条胳膊一拧,身子掉转了一百八十度,眼睛被同伴的头灯晃得一时间无法视物。在他们上方——现在真的是在上方了——他能看见远处有一团暗淡得多的光柱从陡崖边上漫延出来,映衬出诺顿船长和支援小队众人的剪影,他们正密切地注视着他。他们看起来十分渺小,远不可及,梅瑟向众人挥挥手,叫大家放心。

他松开手,让罗摩仍旧微弱的人造重力接手工作。从梯子的一个梯级落到第二级用时两秒多钟,在地球上,人在相同时间内

---

① 一种假想力,是对旋转体系中进行直线运动的质点由于惯性相对于旋转体系产生的直线运动的偏移的一种描述。由法国数学家、物理学家科里奥利(Coriolis,1792—1843)发现而被命名。

已经坠落三十多米了。

坠落的速率实在是太慢了,于是每飞过几级梯磴,他就用手推一把加快速度,一旦觉得自己飞得太快,就用双脚减慢速度。

降到第七百级台阶,他又停了下来,用头灯照亮下方;正如他之前所料,梯子的起始端就在他脚下五十米的地方。

几分钟后,他们下了梯子。在太空中待了几个月,终于站上了一块坚实的表面,脚下感受着地面传来的压力,这真是一份奇妙的体验。他们的重量仍然不到十公斤,不过这已经足以给他们一种踏实之感。闭上眼睛时,梅瑟都可以相信自己双脚又踏上真实的星球了。

这块壁架,抑或说是平台,有十米宽,两边翘起,向上延伸,一直延伸到黑暗之中消失不见,扶梯从这里继续向下延伸。梅瑟知道,平台呈完整的环形,如果沿着平台走上五公里,他就会绕罗摩走完一周,刚好回到出发位置。

然而,这里的重力十分微弱,人在这里根本无法真正行走,只能大步地往前跳,而这样做存在危险。

扶梯直通到下方灯光照不到的黑暗深处,很容易让人觉得下去并非难事。不过他们还是得抓牢梯子两旁高高的扶手,这一点十分重要。万一有谁冒冒失失的,步子迈得太大,那他就有可能被远远地甩脱出去,一直掉到下方一百多米处的罗摩内壁上。虽然单纯撞一下不至于把人撞伤,但由此引出的后果却不好说——因为扶梯会随着罗摩的自转向左偏移,人掉下来可能会够不到梯子,若真是这样,他就会沿着无遮无拦、光滑平整的弧形内壁一直溜向脚下距离自己七公里的平原。

梅瑟心想,这样一趟雪橇坐下来可真够受的,即便是在这种重力条件下,末段速度也会达到每小时几百公里。也许他能想办法获得足够的摩擦力,从而降低速度,免得一头栽下去。要是能这样,也许这就是抵达罗摩内表面的最快方法。不过首先,还是谨慎尝试的好。

"头儿,"梅瑟报告道,"从扶梯上下来没有问题。要是你同意的话,我还想继续前进,去下一个平台。我想测一测沿扶梯下去的速度。"

诺顿毫不犹豫地回答道:"去吧。"就没必要说"多加小心"了。

没过多久,梅瑟就有了一项重要发现。至少在当前这种二十分之一重力条件下,根本没办法像平常一样踩着梯级下扶梯。这样走不论怎样,到最后动作都会变得像梦游一样慢慢吞吞的,无聊乏味得让人抓狂。唯一可行的办法就是别管那些梯磴,骑上扶手滑下去。

卡尔弗特也有了同样的结论。

"这梯子修来不是为方便下去,而是为了往上走的!"他喊道,"要逆着重力方向前行时,梯磴能派上用场,可是现在往下走,这些梯级只会碍手碍脚。要我说,虽然姿势不算好看,可要下去,最好的办法就是顺着扶手滑下去。"

"真是胡说八道,"迈伦中士反对道,"我才不信罗摩人会这么干。"

"我看没准儿他们从来都没用过这扶梯——扶梯显然只是用来应对紧急情况的。他们肯定是用某种机械运输系统来这上面的。也许是缆索铁路。那些凹槽从中轴区一直延伸下来,这样一来,它们是干什么用的就有个解释了。"

"我一直以为那是排水沟——不过没准儿两个说法都对。不知道这里有没有下过雨?"

"也许吧,"梅瑟说,"不过我认为乔说得对,再说,管他妈的姿势好不好看呢。咱们滑下去。"

扶手——可以认定,这东西的确是为某种像手的东西设计的——是又扁又光滑的金属横杆,有一米高,架在彼此间距很开的支柱上。梅瑟少校跨上扶手,小心地试了试用手刹车的力道,然后滑了下去。

他十分镇定地慢慢加速,向下滑进黑暗当中,只有头灯上的灯光能照亮周遭的一小片区域。他滑下大概五十米,然后叫其他人也跟上来。

大家顺着栏杆往下滑,虽然嘴上不说,心里却都觉得自己仿佛又变成了小男孩。不到两分钟,他们就已经安全舒适地溜下一公里了。而一旦觉得自己速度太快了,只要抓紧扶手,就能把速度降下来。

等到三人来到第二处平台,诺顿船长说:"希望你们玩得痛快,等你们回来可不会这么轻松。"

"我正打算测试一下。"梅瑟一边回答,一边试探着走来走去,体验这里已然增长的重力,"这里已经有十分之一个地球重力了——差别十分明显。"

他走到——准确地说，是飘到——平台边缘，用头灯照亮下一段扶梯。灯光所及的地方，扶梯看起来跟头顶上的状况一样——尽管早前在对照片做过仔细观察后，他们已经发现，随着重力的逐渐增强，梯级的高度也在一点点下降。显然，梯磴是有意这样设计的，如此一来，在沿着这道长长的弧形扶梯攀爬时，每个阶段耗费的力气都差不多。

梅瑟抬头，朝头顶上的罗摩中轴区瞥了一眼，中轴区此刻跟他距离大约有两公里，光线暗淡，映出几道微小的剪影，看起来十分遥远。突然间，他第一次为自己不能看到扶梯的完整长度感到高兴。虽然梅瑟神经镇定，并且缺乏想象力，可是如果看见自己像昆虫一样，在一盏竖直的、高达十六公里的茶杯碟——茶杯碟的上半部分还悬在他的头顶上方——上攀爬，他真不知道自己会作何反应。在这之前，他一直觉得四周漆黑让他束手束脚，而此刻，梅瑟简直要欢迎它了。

"气温没有变化，"他向诺顿船长汇报道，"仍然刚好低于冰点。不过气压跟我们预想的一样，升高了一些——大约三百毫巴[①]。氧气含量很低，不过差不多可以呼吸了；再往下走就肯定没问题了。这将大大简化探索行动。真是了不起的发现啊——这是第一个无需携带呼吸装置就可行走其间的世界！实际上，我这就打算吸一口看看。"

[①] 毫巴，气压单位，1毫巴等于1/1000巴，1标准大气压为1013毫巴。

诺顿船长在上面的中轴区里不禁有些担心。可是所有人里，梅瑟最知道自己在做什么。在这样做之前，他肯定早就做过足够多的测试，好让自己心中有数。

梅瑟调整好宇航服内气压，使之与外界相当，松开头盔的密封扣，打开一道缝隙。他小心翼翼地吸了口气，随后又大大地吸了一口。

罗摩的空气死气沉沉，一股霉味，仿佛来自一座古墓里，而这古墓也是年代十分久远，连最后一丝肉体腐烂的气息也在很久很久以前便已消失了。多年来，梅瑟一直在检查生命维持系统，使之每每与灾难擦肩而过，从而练就一个十分灵敏的鼻子——就连他也分辨不出有些什么味道。有一丝金属气味，梅瑟突然想起来，当年第一批登上月球的宇航员曾经汇报说，他们在给登月舱重新加压时闻到了火药燃烧的气味。梅瑟心想，沾染月尘的"鹰"号登月舱①闻起来一定跟罗摩十分相似。

他又戴好头盔，把肺里的外星空气吐了干净。那空气中毫无养分，哪怕是在珠穆朗玛峰上住惯了的高原居民，在这里也会很快死去。不过再往下走几公里，情况就会大不一样了。

这里还有什么要做的？除了享受这不同寻常的轻柔重力之外，他想不出别的了。不过他们马上就要返回无重力的中轴区，所以留在这里适应也没必要。

"头儿，我们这就回去，"他说道，"没必要再往下走

---

① "阿波罗11号"飞船的登月舱，尼尔·阿姆斯特朗和巴兹·奥尔德林正是搭乘"鹰"号登月舱完成了人类首次登月的壮举。

了——除非咱们做好准备下到底。"

"我同意。我们给你计时，不过你不用赶路。"

梅瑟沿着扶梯往上蹦，一步能迈过三四级台阶，他心想卡尔弗特说得一点儿没错：这些台阶就是修来往上走，而不是朝下去。只要不回头看，并且忽略这向上延伸的陡峭弯弧，爬梯子便是一番有趣的体验。可是，大约上去两百级台阶后，他的小腿开始痛起来，于是梅瑟决定慢点儿走。另外两人也是这样，他大着胆子向下张望一眼，那两人明显被落在身后。

返回的路上一切正常——只是台阶仿佛没有尽头。待他们回到紧挨着梯子底的最高一层的平台，三个人都没怎么喘粗气，而这一路只花了十分钟。他们原地休息了十分钟，然后开始向垂直的最后一公里进发。

跳——抓住梯磴——跳——抓——跳——抓……虽然轻松，但是动作重复单调，容易叫人疏忽大意。梯子爬到一半，他们又休息了五分钟：到这时，他们的胳膊和腿都开始疼了。一想到他们正攀附在一个垂直的表面上，梅瑟又为他们有限的视野范围感到高兴——如此一来，他们就可以毫不费力地假装梯子仅仅朝光亮处之外延伸了几米，假装他们很快就能爬到头。

跳——抓住梯磴——跳——然后，冷不防，梯子真的到头了。他们又回到了自转轴上的无重力区域，回到他们焦虑的朋友中间。整趟旅程才用了不到一小时，三人都有一种小有成就的感觉。

不过现在高兴还为时尚早。因为他们的所有努力，还不及这巨大扶梯全长的八分之一。

第十一章

男人、女人和猴子

诺顿船长很久以前就认为，有些女人压根儿不该被允许上飞船——她们的胸脯在无重力环境里太他妈的叫人分神了。那些乳房不动弹时就已经够可以了，可一动起来，再加上共振的效果，但凡是个热血男儿都会把持不住。光是他所确知的，就起码有一起严重的太空意外，是由于身材丰满的女性长官经过指挥舱，导致船员严重分心引起的。

有一回，他同医务官劳拉·厄恩斯特说起这套理论，但他没有说这些想法是受何人启发的，没必要，他俩互相都太了解了。很多年前，在地球上，有段时间两人都感到孤单绝望，他们上过一次床。如今两人都有了很大的变化，他们也许不会重温这种经历了（不过这种事，谁能说得准呢？）。不过每当医务官晃着健美的身子进入船长舱室，诺顿总会感到一种古老的冲动发出的瞬间回响。劳拉知道他的感受，两人都很高兴。

"比尔，"劳拉开口道，"我给咱们的登山员做了体检，这是我的诊断意见。卡尔和乔状态都不错——各项指标显示，任务完成后，他们身体状态良好。不过威尔表现出疲劳和身体有损耗的症状——我不打算纠缠细节。我敢说他没有完成应有的运动量，而且肯定不止他一个人这样。有人对离心机动过手脚，再这样下去会出人命的。麻烦你把这话告诉船员。"

"好的，长官。不过之所以这样，是因为大伙儿最近工作太拼命了。"

"用脑，用手指，没错。但是身体并没累着——没有真正出力做负重锻炼。要想探索罗摩，就必须要解决这个问题。"

"那，能解决吗？"

"能，前提是要小心应对。我和卡尔制定出一份十分稳妥的数据表——前提是假设我们在第二层平台以下不必使用呼吸设备。当然，我们真是撞上大运了，这让整个后勤布置都简化许多。一想起这里有氧气，我至今都感觉无法适应……所以咱们只需要保证水、食品和保温服的供给就能开工了。到下面去很容易，看起来只要顺着扶手滑下去，就能走完大部分路程。"

"我让工匠组造一只带减速伞的雪橇。就算不让船员冒险坐上面，咱们也可以用它来运送给养和装备。"

"好极了。这样一来，要不了十分钟就能走完全程，不然路上就得花去一个多小时。

"上来的话就没那么好估算了。我计划给出六小时，包括两次休息时间，每次一个小时。过段时间，等做过锻炼——而且长出点儿肌肉来——咱们就能节省许多时间了。"

"心理方面的情况呢？"

"不好说，这里的环境太不同以往了。最大的问题或许是黑暗。"

"我打算在中轴区架设探照灯。每支探险队除了自身携带的灯具，还有探照灯光追着他们。"

"不错——这肯定非常有效。"

"还有一点：咱们是该安全第一，派一支探险队沿扶梯下去一半就返回，还是第一次尝试就一路走到底？"

"时间充裕的话，我会谨慎些。可是时间紧迫，而且我也看不出直接下到底有什么危险——下去以后还可以到处转转。"

"谢谢，劳拉——我想知道的就这些。我会交代副船长来处理具体细节。我也会命令所有伙计都去离心机训练——半个标准重力，一天二十分钟，这样满意吗？"

"不行。罗摩的地面有零点六个标准重力，我还需要一点儿余量，以确保安全。四分之三标准重力——"

"天哪！"

"——一次十分钟——"

"我来安排——"

"——一天两次。"

"劳拉，你真是个残忍、冷酷的女人。不过就这样吧。晚饭前我会通报这条消息的。有人肯定要倒胃口了。"

诺顿船长还是第一次看见卡尔·梅瑟显得有些局促不安。整整十五分钟里，他一直在以他惯常的专业态度讨论后勤问题，不过显然有什么事情在困扰着他。诺顿船长敏锐地察觉到了问题所在，他正耐心地等梅瑟自己把它说出来。

"头儿，"过了好久，卡尔说，"你确定要亲自带队？万一发生意外，失去我的代价要小得多，而且我比其他任何人都更深入罗摩内部——哪怕只是多走了五十米。"

"的确。不过现在轮到船长带领队伍了，何况咱们都认为这一趟不会比上一回更加危险。只要发现苗头不对，我就拿出参加月球奥运会的劲头，尽快回到上面来。"

他等着梅瑟的进一步反驳，不过后者什么也没说，尽管卡尔仍旧看起来闷闷不乐。诺顿有些同情他了，于是又轻声说道："而且我敢打赌，乔肯定溜得比我还快。"

大个子放松下来，脸上渐渐露出一个大大的笑容。"反正，比尔，我还是希望你能挑别人。"

"我需要带上一个之前下去过的人，但咱们俩不能同时下去。至于博士教授兼中士技师迈伦阁下，劳拉说他仍然超重两公斤，就算剃掉胡子也没用。"

"第三个人你打算选谁？"

"还没决定。这要听劳拉的。"

"她自己都想下去。"

"谁不想呢？不过要是她把自己的名字列在健康人选名单的

第一位,那我肯定得好好思量。"

梅瑟少校收拾好文件,飘出舱室,这时诺顿感到一阵强烈的嫉妒。几乎所有船员——他估计最少也有百分之八十五——都曾寻求过某种感情上的调适。他知道有些船上,船长也会这样做,可这不是他的行事方式。尽管"奋进"号上的纪律在相当大的程度上植根于这些训练有素、才智过人的男男女女的彼此尊重之上,但作为船长,他还是需要一些别的东西来强调自己的身份地位。他的责任是独一无二的,而且要求他与其他人——哪怕是最亲近的朋友——保持一定的距离。任何暧昧的关系都有可能影响士气,因为这样一来几乎不可避免地会引起偏袒。正因如此,船上不允许等级相差两级以上的成员之间产生恋情,不过除此之外,航行期间的性爱条例只有一条:别在走廊里做,以免吓着"笨笨"们。

"奋进"号上有四只超级黑猩猩,不过严格来讲,这个名字并不准确,因为船上这些非人类船员并不是基于黑猩猩这一物种发展而来。在零重力环境里,拥有一条灵巧的尾巴是一个巨大的优势,人们尝试过给人安上尾巴,结果都以令人尴尬的失败而告终。对类人猿的改造结果同样不让人满意,这之后,超级黑猩猩公司把目标转向了猴子。

小黑、小黄、小金和小棕的血缘可追溯到新旧世界所有猴子当中最聪明的支系,此外还加入了自然界中从未存在的合成基因。驯养它们的花费差不多跟训练一名普通宇航员的开销一样大,而它们对得起这个价钱。每只超级黑猩猩体重不到三十公斤，对食物和氧气的消耗量仅为人类的一半，不过在料理家务、基本烹饪、搬运工具和其他众多常规工作方面，一只超级黑猩猩顶得上2.75个人类。

这个"2.75"是超级黑猩猩公司的宣传语，基于大量时间—动作关系研究得出。这个数据虽然让人吃惊，并且时常受到挑战，但大致上还算准确，因为笨笨十分乐意每天工作十五个小时，而且不会因为工作重复琐碎而感到厌烦。于是它们把人类解放出来，使之能做人类该做的工作——在太空飞船上，这可是件关乎生死的大事情。

跟与它们血缘最接近的猴子不同，"奋进"号上的笨笨既温顺听话，又没有好奇心。笨笨都是克隆出来的，所以也没有性别，这也就减少了一个棘手的行为问题。笨笨受过精心训练，而且只吃素，所以非常干净，也没有异味——它们是最完美的宠物，只是没人能买得起。

尽管有这么多优点，但是让笨笨上船还是存在一些问题。它们得有自己的生活区——顺理成章地被称作"猴舍"。超级黑猩猩的小集体宿舍永远都是一尘不染，还配有电视机、游戏设备和事先编好程序的教学机器。为避免事故，超级黑猩猩被绝对禁止进入飞船的技术区域。通往这些区域的入口都被标为红色，笨笨受过条件反射训练，所以从心理层面上，它们就不可能闯过这些视觉樊篱。

此外，同超级黑猩猩交流也存在问题。虽然笨笨智商有六十左右，而且能听懂几百个英文单词，但是它们不会说话。不论是猩猩还是猴子，实验证明都没办法给它们装上可用的声带，因此它们说话只能用手语。

基础手语清楚易懂，所以一般交流船上所有人都能看明白。不过只有超级黑猩猩的驯养员——同时兼任餐厅管理员的麦克安德鲁斯中士——精通笨笨语。

有个流传已久的笑话说，拉维·麦克安德鲁斯中士看起来特别像笨笨——这倒不是在羞辱他，因为笨笨都长着短短的浅色皮毛，而且举止动作优雅，十分漂亮。它们还很通人性，船上每个人都有自己尤其钟爱的笨笨——诺顿船长最喜欢的是小金，名如其猴。

人和笨笨很容易就能建立起亲密的感情，不过这又会导致另一个问题，这一问题常常被作为有力证据，来反对在太空中使用超级黑猩猩。因为它们受训只能用来对付低级的日常工作，它们在紧急情况下有害无益；这时它们不论对自己还是对同伴都是个威胁。尤其是，人们曾教过它们穿宇航服，结果证明毫无办法，这其中涉及的概念完全超出它们的理解范畴。

虽然谁都不想这么说，但是每个人都心知肚明，一旦舱壳破裂，或者下令弃船，他们该做什么。这种情况只出现过一次，后来笨笨驯养员超额完成了他的任务。人们发现他跟超级黑猩猩死在了一起，用的是同一种毒药。从那以后，实施安乐死的任务就交给了首席医疗官，人们认为，后者这样做时所牵涉的感情会少一些。

诺顿觉得，这份责任不必落在船长的肩上，真是谢天谢地。他过去认识一些人，把他们干掉，都不会比杀死小金更让他良心难安。

第十二章

众神的阶梯

探照灯的灯光在罗摩澄清、冰冷的大气层里完全形不成光柱。灯光从中轴区打下来在三公里外的巨大扶梯上形成一片上百米宽的椭圆形光斑。这光斑仿佛被黑暗包围的明亮绿洲,缓慢移向下方仍有五公里高的弯曲平原;在光斑的中央有三个人正在像蚂蚁一样移动,在他们身前投下长长的影子。

跟他们料想和期待的一样,下去这一路上都平安无事。他们在第一层平台稍事休息,诺顿沿着狭窄弯曲的平台走了几百米,随后众人起程,向第二层平台滑下去。他们在第二层平台除去供氧设备,陶醉于这里无需机器辅助就可以呼吸的怪异奢侈之中。这下,大家可以舒舒服服地去探索,既不会遭遇人在太空中会面临的巨大威胁,也不必担心宇航服有没有破损,氧气余量几何。

待到众人抵达第五层,前面只剩下最后一段路程,这时重力已经达到罗摩地表重力的一半。罗摩的离心旋转终于开始显示其真正的力量了。他们身受着无可抗衡的、统治每颗行星的力量，只要一步踏错，这力量就会让他们承受无情的代价。不过向下走还是非常轻松，只是一想到要回去，爬上几千上万级的台阶，探险队员们心中就感到痛苦不已。

台阶早就不像起步阶段那样直直向下，让人头晕，扶梯此时已经变得平缓，直通向地平线。现在扶梯的斜率大概只有1:5；而在起步阶段则有5:1。现在不论是在身体上还是心理上，都可以跟平时一样走下去；只有这里的低重力环境提醒队员们，脚下庞然的扶梯并非在地球上。诺顿曾经造访过一座阿兹特克神庙的废墟，此刻他又想起了过去的那一番经历——只是那感受被放大了一百倍。他在这里有同样的敬畏和神秘感，也同样为永远消逝无可挽回的过去感到悲伤。然而罗摩不论时间还是空间上的规模体量如此庞大，竟让头脑一时无法正常运转。过了一会儿，诺顿平复心情，终于能有所反应。他心想，或早或晚，自己会不会对罗摩习以为常。

此外，地球上的遗迹还有一处不如罗摩的地方。罗摩的年纪比地球上现存的任何建筑都要老几百倍——就连大金字塔也不例外。可这里的一切看起来都像是全新的，连一丝磨损和剐蹭的痕迹都没有。

诺顿为此疑惑了很久，并且找到了一个试探性的解释。他们目前所查看到的一切都是备用的应急设备，极少被真正投入使用过。除非罗摩人都是那种地球上难得一见的健身狂，诺顿无法想象他们有没有在这道让人惊叹的梯子——或是另外两道一模一样、在头顶上看不见的地方与这一道梯子呈Y字交会的梯子——上爬上爬下过。这三道梯子也许只是在很久以前建造罗摩时用得着吧,从那以后就失去用途了。这个说法眼下还说得通,不过总感觉不太对劲。有些地方想错了……

最后一公里不是爬下去,而是沿着缓缓下行的阶梯,一步两级走下去的。诺顿认为,这样一来,大家的肌肉就会得到更多的锻炼,而很快就会有力气活儿了。就这样,不知不觉间,扶梯就走到了头,突然,脚下没有台阶,而只剩下一片平原了。中轴区打下来的灯光已然变得暗淡,平原被灯光照成一片单调的灰色,在前方几百米外渐渐隐入黑暗当中。

诺顿沿着光柱回头望,望向头顶八公里外自转轴上的光源。他知道,梅瑟一定正通过望远镜注视着下面,于是他兴奋地向他挥挥手。

"这里是船长,"他通过无线电汇报道,"所有人都平安无事——没有异常。正按照计划继续工作。"

"好,"梅瑟回答道,"我们会密切注意。"

一阵短暂的沉默过后,一个新的声音切进来。"这里是飞船,我是副船长。说真的,头儿,这样还不够好。你知道上周一整个星期,那些搞新闻的一直在冲我们大呼小叫。我倒不指望你发表什么流芳百世的名篇,可是,你就不能再多说点儿吗?"

"我试试吧,"诺顿轻声笑道,"不过别忘了,目前还没什么好看的。这里就像——这么说吧,就像是在一个巨大、黑暗的舞台上，只亮着一盏追光灯。扶梯最下面的几百级台阶从这里向上升起，直到它消失在头顶的黑暗当中。我们所能看到的这部分平原看起来十分平整——弯曲的弧度太小，仅在这点儿有限的区域里根本看不出来。就是这样。"

"能说说第一印象吗？"

"哦，下面仍旧很冷——不到零度——幸亏穿了保温服。当然，这里还十分寂静，比我在地球上——还有太空中——所知道的任何地方都安静，在那些地方总会有些背景噪声。而在这里，一切声响仿佛都被囫囵吞没了；我们周围的这片空间如此巨大，以至于根本没有一丁点儿回声。感觉很怪异，不过我希望咱们能够适应。"

"多谢了，头儿。其他人呢——乔，波瑞斯？"

乔·卡尔弗特上尉一向能说会道，于是他欣然从命。

"我忍不住想起，这是——自古至今——人类第一次能够踏上另一个世界，呼吸这个世界天然存在的大气——尽管我猜在这样一个地方，你恐怕不会使用'天然'这个字眼儿。可话说回来，罗摩一定和它的建造者的世界十分相似；咱们自己的太空飞船无一例外都是微缩版的地球。虽然只有两个样本，还说明不了什么，不过这是不是意味着，所有智慧生命都要依靠氧气存活？眼前这件罗摩人的杰作暗示，罗摩人也许身高比我们高百分之五十，但跟人类十分相似。你有不同意见吗，波瑞斯？"

乔这是在调戏波瑞斯吗？诺顿自问道，不知道波瑞斯打算如何回应？……

波瑞斯·罗德里格在船上所有人眼中都是个谜一样的人物。大家都喜欢这位安静、庄重的通信官，可他从来都不和大家打成一片，反而似乎总是会跟人保持一点儿距离——像是从来都不按照音乐的鼓点迈步前进。

就像个第五太空基督教派的信徒，他也的确虔信第五教派。诺顿一直不知道之前四个教派发生过什么，他也同样不了解这一教派的仪轨。不过第五教派的主要教义还是广为人知的：这一教派相信耶稣基督是一位来自太空的访客，基于这一假设，他们还构建起一整套神学思想。

如此说来，这一教派的信徒中，在太空中从事各种职业者所占比例高得出奇，或许也不足为奇吧。这些人无一例外，全都工作勤恳，十分可靠。他们受到所有人的尊重，甚至喜爱，尤其是因为他们从来都不会尝试让别人皈依。不过他们还是稍微有那么一点儿怪异。诺顿曾经听过基督徒布道，他一直都无法理解，这些人接受过如此先进的科学技术训练，怎么还会把这些话当真，而且深信不疑。

船长一边等罗德里格上尉回答乔意味深长的问话，一边突然意识到自己内心隐藏着的一个动机。他挑中波瑞斯一方面因为他身体健壮，技术合格，而且绝对靠得住；另一方面，他不知道自己是不是多少出于恶作剧的好奇心理才叫上波瑞斯。一个怀有这种宗教信念的人，面对罗摩中令人惊叹的真实情景会如何反应？会不会遭遇什么东西，动摇他的宗教信仰……还是说，这一点恰恰坚定了他的信仰？

可是波瑞斯·罗德里格跟平时一样谨慎持重,并没有上当。

"罗摩人无疑是要呼吸氧气的,他们也有可能很像人类。不过咱们还是走着瞧吧。运气好的话,没准儿还能一睹他们的真容。那些城镇里兴许有图画、雕像——甚至是尸体。要是他们住在城镇里的话。"

"最近的城镇距离只有八公里。"乔·卡尔弗特满心希望地说。

没错,船长心想,可是回来也要八公里——之后还有那高不可攀的扶梯。这个风险冒得起吗?

快去快回,前往那座被命名为巴黎的"城镇",这本是诺顿船长的附带行动计划之一,现在他必须拿定主意。食物和水足够维持二十四小时;中轴区的支援小队一直都看得见他们,何况这片光滑的、缓缓弯曲的金属平原上,也实在看不出能发生什么事故。唯一可以预见的危险就是疲劳。要去巴黎很容易,等到了那里,在必须原路返回之前,他们除了拍拍照片,也许还能收集一点儿小型的人造物品,还能干些什么?

不过就算只是去去就回也值了。时间太有限了,因为罗摩正直冲冲地奔向太阳、奔向轨道近日点,而那里太过危险,"奋进"号必须在这之前就脱离罗摩。

反正,诺顿也不能独自作出这个决定。他的身上贴着体征传感器,厄恩斯特医生一定正在上面的飞船里监视着传感器远程传输回来的数据。如果她表示反对,那就只有作罢了。

"劳拉,你怎么看?"

"休息三十分钟,再吃五百卡路里的能量块。然后就能出发了。"

"多谢啦,大夫,"乔·卡尔弗特插嘴道,"这下我要高兴死了。我一直想去看看巴黎。蒙马特①,我们来啦。"

---

① 法国巴黎北部十八区的一座山丘,又称蒙马特高地,以其夜生活和与凡·高、图卢兹-罗特列克和尤特里罗等艺术家有关联而著名。

第十三章

罗摩平原

走下没完没了的楼梯,再一次踩上平地,让人生出一种奇异的奢侈感。正前方的地面的确非常平坦;左右两边,在灯光照射得到的范围里只能稍微察觉到地面向上的弯弧。感觉像是走在一道又宽又浅的河谷里,真不敢相信他们真的像虫子一样,在一个巨大的圆柱体里蠕动,不仅如此,在这一小片光照的绿洲之外,大地向上升起,与天空相接——不对,是大地变成了天空。

虽然每个人都很有信心,并且难以抑制激动之情,可过了一会儿,罗摩那几乎触摸得到的静默开始沉沉地压在他们心头。每一个脚步声,每一个字,都瞬间消失在没有一丝回响的虚空中;一行人走了刚过半公里,卡尔弗特上尉就撑不住了。

他有几样小绝活,其中之一如今已经难得一见了,尽管许多人觉得没那么稀奇,那就是吹口哨。不管有没有人叫他吹,他都吹得出过去两百年来的电影主题曲。他先是应景地吹起"嗨哟,嗨哟，我们去工作哟"——这是迪士尼动画《白雪公主和七个小矮人》中的矮人进行曲——却发现这首歌的低音部分他低不下去，于是马上吹起《桂河大桥》。随后他接着吹，大致按照年代顺序吹了六首史诗电影的主题曲，最后以二十世纪末席德·克拉斯曼的著名电影《拿破仑》①达到高潮。

这虽然是个有益的尝试，却并没有起效，甚至一点儿士气都没有鼓舞起来。罗摩需要的是巴赫、贝多芬、西贝柳斯②、段逊③的宏大乐章，而不是大众电影里的小曲子。诺顿正要让乔为后面的工作省点儿力气，这位年轻军官便也意识到自己这番努力有多么不合时宜。在这之后，除了偶尔与飞船进行交流，他们一路上都没有出声。这一局，罗摩获胜。

这时，诺顿打算在这第一次考察的路上绕个弯。巴黎就在正前方，在扶梯与柱面海岸正中间，不过在他们行进路线的右侧仅一公里处，有一个非常惹眼并且十分神秘的地方，那地方根据其特征，被命名为"直谷"。那是一道长长的沟渠，四十米深，一百米宽，两坡平缓，队员们暂且认为那是用来灌溉的水沟或是运河。和梯子一样，罗摩里还有两个与"直谷"一样的地方，彼此间距相同地排布在罗摩弧形的内表面上。

这三处谷地大约有十公里长，在接近柱面海的地方突然到头

---

① 作者虚构的电影人和电影。
② 让·西贝柳斯（Jean·Sibelius, 1865—1957）芬兰作曲家，其浪漫主义、民族主义作品有交响诗《芬兰颂》和《忧伤的华尔兹》。
③ 作者虚构的作曲家。

了——倘若这是用来引水的，那就太奇怪了。柱面海的另一岸的布置和这边一样，也有三道十公里长的沟渠，向南极地区延伸。

三人轻轻松松走了十五分钟，就来到直谷的一端，在那里站了一会儿，若有所思地看着深处。直谷四壁十分光滑，坡度约有六十度；坡上没有台阶，也没有下脚的地方。谷底遍布一层平整的白色物质，看起来非常像冰。一份样本就能平息许多争论，诺顿决定弄一份来。

他身上绑好安全绳，留卡尔弗特和罗德里格在上面扯住绳子，放他顺着陡坡下去。等他下到谷底，满心以为脚下会像踩在冰面上一样，感到很滑，可是他猜错了。摩擦力很大，他脚下站得很稳。这种材料像是某种玻璃，要不就是透明的水晶。他用手指尖碰触，这东西又冷又硬，没有弹性。

诺顿转过身，背对着探照灯，遮挡住射向眼睛的强光，努力凝视，看向水晶的深处，就像有人想透过冰面看见湖底一样。可诺顿什么都没看见；他还用自己头灯的光柱照进去，结果仍然一无所获。这东西并非透明，而是半透明的。如果这真是结冰的液体，那它的熔点一定比水高。

诺顿从包里拿出地质锤，轻轻敲了一下，"咣"的一声，锤子弹了回来，那敲击声又沉闷又难听。他加点儿力气，又敲了下去，还是没有结果。他正打算用尽全力敲下去，这时某种直觉制止了他。

诺顿不大可能会敲碎这种物质，可万一真敲碎了会怎样？他就像一个破坏狂一样，敲碎了一扇平板玻璃制成的无比巨大的玻璃窗。以后还有更好的机会，何况他起码已经发现了一些有价值的信息。现在，直谷看来不像是运河，它只是一道古怪的深沟，开始得突然，结束得也突然，却不通向任何地方。此外，如果这里真的曾经有液体流过，那水渍在哪里？沉积物逐渐干涸留下的硬壳表面在哪里？一切都既亮堂又干净，仿佛建造者们昨天才刚刚离开……

诺顿再一次与罗摩最根本的谜团正面相遇，而且这一次他已无法回避。诺顿船长虽然具备正常的想象力，但他绝不是个喜欢异想天开的人，否则他也不会获得如今这样的地位。然而此刻，他头一次产生一种感觉——并非真的是不祥之感，而是一种预判。事情并非所看见的样子，这里的一切足有上百万岁，却如此崭新，其中必有蹊跷。

诺顿一边思索，一边迈步沿着这道小型的谷地慢走，与此同时，两位伙伴一直抓着系在他腰间、沿着斜坡连到上面的安全绳。他也不指望有进一步的发现，只想放纵自己好奇的心情。因为还有别的事情让他担忧，而那件事与罗摩里无法解释的崭新程度无关。

走了没多远，那件事如雷电一般击中了他。

他认识这个地方。他曾经来过这里。这种经验尽管并不少见，但即便是在地球上，或是与地球相似的行星上，也还是足以让人不安了。大多数人偶尔都有过类似的体验，通常人们对此并不多加理会，以为这只是记忆中曾被遗忘的片段，一次纯粹的巧合——或者，倘若有人受到神秘主义的影响，会以为这是来自另一个心智的通灵体验,甚至以为是看见了自己的未来。

可是罗摩从来都不曾有人来过。这里竟有似曾相识之感——这真是让人震惊。诺顿船长停下脚步,在这水晶般的谷底站了许久,努力理顺自己的种种情绪。他那曾经秩序井然的宇宙观已经被彻底颠覆,恍惚间,他瞥见了那些处于万物边缘、一生中大部分时间都被他成功地无视掉了的神迹。

紧跟着,他又感到无比的放松——常识又赶来挽救他了。那让人迷惑的"似曾相识"之感退却了,取而代之的是年轻时一段真实的、明确的回忆。

这回忆是真的——他曾经站在两堵跟这里一样带有陡坡的高墙之间,看着两堵墙向远方延伸,一直在前头无限远处汇于一点。不过那两堵墙上都覆盖着修剪整齐的草坪,夹在中间的是破损的石头路面,而不是平滑的水晶。

这是三十年前的往事了,当时他在英格兰休假。彼时诺顿选修了一门工业考古学的课程(选这门课,很大程度上是因为一个同学——诺顿至今记得她的容貌,却忘记了她的名字),后来在理工科研究生当中获得极好的人缘。他们探索过废弃的煤矿和棉花纺织厂,爬过已成废墟的高炉和蒸汽机,难以置信地察看原始(并且仍然危险)的核反应堆,还在经过修复的公路上驾驶过用涡轮机驱动的昂贵的老爷车。

他们见过的东西也不全都是真的,其中有很多在过去几百年间遗失了,因为人们很少费心思去保存日常生活中的寻常物件。可一旦需要制造复制品,这些东西又会被人精雕细琢地制造出来。

于是，比尔·诺顿兴奋地用铁锹把宝贵的煤块铲进一辆火车头的锅炉里，让火车以一百多公里的时速一路狂奔，这火车头虽然看起来有两百多年的历史，实际上却比诺顿的岁数还小。不过，这段三十公里长的大西部铁路公司①的铁路却如假包换，尽管他们做了很多挖掘工作，才让这段铁路重见天日。

汽笛鸣响，他们一头钻进山里，冲过浓烟滚滚、伴着火光的黑暗。经过一段出奇漫长的时间，他们又钻出隧道，冲进一条深深的、笔直的坑道，两侧坑壁上覆盖着青草。那段被遗忘已久的回忆跟此刻眼前的景象十分相似。

"怎么样，头儿？"罗德里格上尉呼叫道，"有发现吗？"

诺顿把自己拖回现实，与此同时，脑海中一些被尘封已久的事情也浮了上来。这里存在着谜团——没错，不过也许这并非不能为人类所理解。他曾经学到过一个教训，尽管这教训并不是他乐于跟别人分享的。不论如何，他决不能被罗摩所慑服。一旦如此，他必败无疑，甚至会丧失心智。

"没有，"他回答道，"下面什么都没有。把我拖上来——咱们直接去巴黎。"

---

① 英国铁路公司，连接伦敦与英格兰西部和西南部，英格兰中部和大部分威尔士。1833年成立，1838年首次运营，拥有当时世界上最长的铁路隧道。

第十四章

风暴警告

"我召集此次委员会会议，"火星驻联合行星大使阁下说道，"是因为佩雷拉博士有重要情况通知大家。他坚持要我们立刻与诺顿船长取得联系，并且使用优先频道，我得说，这条优先频道我们可是克服了很大困难才建立起来的。佩雷拉博士的陈述相当专业，在进入正题之前，我想有必要大概介绍一下当前的状况，普莱斯博士已经有所准备。哦，对了——有几位成员因为缺席，要我代为转达歉意。路易斯·桑德斯爵士不能到场，因为他正在主持一次会议，泰勒博士也请求大家的原谅。"

后者的缺席让他十分高兴。那位人类学家一发现罗摩提供不了什么可供他施展拳脚的机会，便很快就对罗摩失去了兴趣。跟许多人一样，发现这个移动的小世界一片死寂让他痛苦又失望；如今，那些耸人听闻、讲述罗摩人的宗教仪式和行为特点的书和录像再没机会出版了。其他人或许还能挖挖骨头、给其中的人造物品分分类，可这类事情用不着康拉德·泰勒。要把他一下子吸引回来，除非是发现了一些相当露骨的艺术作品吧，像是锡拉[①]或是庞贝古城里名声在外的湿壁画那种。

考古学家瑟尔玛·普莱斯的观点与之正好相反。她更喜欢那些未曾受到当地居民破坏的废墟和考古发掘现场，因为当地人有可能对客观、科学的研究工作造成干扰。地中海的海床的情况就相当理想——至少在城市规划者和园艺设计师过来碍事之前是这样。罗摩的情形堪称完美，只除了一个让人抓狂的小细节——它跟自己隔着上亿公里，她永远也不可能亲自前去拜访。

"诸位都知道，"普莱斯博士开口道，"诺顿船长已经跋涉了将近三十公里，一路上没有遇到任何问题。他勘察过那里的古怪沟渠，在诸位的地图上标注为'直谷'。直谷的用途目前不得而知，不过它显然很重要，因为它贯通罗摩——只在中间被柱面海拦腰截断——而且还有两道相似的沟渠，三道沟渠彼此间隔一百二十度，分布在那个环形世界的内壁上。

"探险队随后转向左边——或者说向东，如果我们惯用北极坐标系的话——一直走到巴黎。这张照片是中轴区的望远镜照相机拍摄的，在这张照片里，诸位可以看到，巴黎大约有几百栋建筑，彼此之间还有宽阔的街道。

"而这一组照片则是由诺顿船长的团队在抵达巴黎后拍摄的。如果巴黎是一座城市，那它真是够古怪的。请注意，所有建

[①] 希腊圣托里尼岛旧名，又译名希拉，岛上有米诺斯文明遗迹。

筑都没有窗户，连门都没有！所有建筑都是简单的立方体结构，而且全都是三十五米高。它们看起来像是被从地面挤出来的——没有接缝，也没有裂口——看看这张墙根的近照——墙根平滑地过渡到地面。

"我的个人感觉是，这地方并非居住区，而是个仓库或是供应站。这一观点的支撑，请看这张照片……

"这些狭窄的沟槽，大约五厘米宽，每条街道上都有，有一道窄槽直通所有建筑——直接通进墙里。这跟二十世纪早期的有轨电车的轨道有着惊人的相似，这些沟槽显然也是某种运输系统的一部分。

"我们从不觉得有必要让公共运输系统直通到每家每户。这样做在经济上极不合理——人们总可以自己走上几百米的。可是如果这些建筑被用来存放沉重的物资，这样一来就合理了。"

"我能提个问题吗？"地球大使问道。

"当然可以，罗伯特爵士。"

"诺顿船长连一栋建筑也进不去？"

"是的。您听他报告时就能听出来，他当时相当崩溃。他一开始以为这些建筑只能从地底下进去，后来他发现了运输系统的那些沟槽，于是改变了看法。"

"他有没有尝试硬闯进去？"

"他既没有炸药，也没有重型装备，根本办不到。而且在其他努力全都失败前，他也不想这样做。"

"我想到了！"丹尼斯·所罗门斯突然说道，"是茧封！"

"您说什么？"

"这是一两百年前发展出来的一项技术，"科学史学家继续说道，"又叫封存技术。如果你想长时间保存什么东西，你就用一个塑料密封袋把它密封起来，然后往里面充入惰性气体。这种技术最初用来在和平时期保存军事装备，曾经一度用来保存整艘军舰，至今仍被存储空间不足的博物馆所使用。史密森尼学会①的地下仓库里，有的茧封足有上百年历史，谁也不知道里面都装的什么。"

卡莱尔·佩雷拉的性格从来都缺乏耐心，他一直想要宣布一个重大消息，这会儿他没法再等下去了。

"好了，大使先生！你说的这些都非常有趣，可是我认为我要说的却更不等人。"

"大家都没有意见的话——您请吧，佩雷拉博士。"

和康拉德·泰勒不同，这位外星生物学家对罗摩一点儿都不失望。的确，他已不再期待在罗摩发现生命了——可是他已经十分肯定，他们早晚会发现建造这个奇妙世界的生物残骸。毕竟探索才刚刚开始，尽管也所剩不多。过段时间，"奋进"号就不得不脱离罗摩轨道，以免被太阳烤化。

可是现在，如果他的计算准确，人类与罗摩的接触时间会比他之前担心的还要短暂。因为大家都忽略了一个细节——这个细

---

① 史密森尼学会（Smithsonian Institution）是美国一系列博物馆和研究机构的集合组织。该组织囊括19座博物馆、9座研究中心、美术馆和国家动物园以及1.365亿件艺术品和标本。

节如此重要、如此显眼，以至于之前所有人都没有注意到它。

"根据我们最新收到的消息，"佩雷拉开口道，"一支探险小队正在前往柱面海的路上，与此同时，诺顿船长正另外派人在阿尔法扶梯脚下设立后勤基地。等基地建好，他打算同时进行至少两项探索任务。他希望用这样的方式充分利用其有限的人力。

"计划虽然不错，可是没时间执行了。实际上，我建议立刻让他们做好准备，叫他们在收到通知十二小时之内全部撤离。请让我解释……

"罗摩上有一个相当明显的不同寻常之处，让人吃惊的是，几乎没有人说起过它。如今罗摩已经位于金星轨道内侧——不过眼下其内部仍然结冰。可是在罗摩所在的那个位置，物体的向阳面温度可达到五百摄氏度！

"当然，之所以会这样，是因为罗摩还没有时间暖和起来。罗摩过去在星际空间中，其温度一定接近绝对零度，也就是零下二百七十摄氏度。而现在，随着它距离太阳越来越近，它的外壳已经跟融化的铅差不多热了。可是罗摩内部仍旧冰冷，一直到热量透过几公里厚的外壁传到里面。

"这就好比一种奇特的小点心，外面滚烫，里面却是冰激凌——我记不起那东西叫什么了……"

"烤阿拉斯加。不幸的是，这道甜点在联合行星的宴会上很受欢迎。"

"谢谢你，罗伯特爵士。罗摩此刻的情形就像这样，可是这持续不了多久。几周以来,太阳的热量其实一直在起作用,据我们估计,再过几个小时,罗摩内的气温将会陡然升高。而这还不是问题,反正在我们被迫撤离之前,罗摩内的温度顶多只相当于舒适的热带气候。"

"那问题是什么?"

"我可以用一个词来回答您,大使先生。飓风。"

第十五章

海 边

现在罗摩内部的男男女女已经有二十多人了——其中六人在下面的平原上,其余人手都在通过气闸舱系统和扶梯向下运送设备和补给物品。飞船里面几乎没人了,只留下尽可能少的船员在上面值班;大家都开玩笑说,"奋进"号实际上正由那四只超级黑猩猩维持运转,而小金已经被提拔为代理船长。

诺顿为最初的这几次探险制定了几条基本规则,最重要的一条可追溯到人类进入太空的最早期阶段。他命令每支探险队中必须包含一名之前下来过的老队员。而且顶多只能有一个。这样一来,每个人都有机会尽快学到东西。

于是,第一支前往柱面海的小队,虽然由医务官劳拉·厄恩斯特带队,却有上尉波瑞斯·罗德里格加入,后者刚从巴黎回来,算是队中的老手。第三位成员是彼得·卢梭中士,他之前留在中轴区,属于支援小队——他是使用太空探测仪器的专家,不过这趟出来，他只能依靠自己的眼睛和小型的便携望远镜了。

从阿尔法扶梯脚下到柱面海边不到十五公里，在罗摩的低重力条件下，其活动量相当于地球上的八公里。劳拉·厄恩斯特早就证明她适应了她自己制定的标准，此刻她的步伐毫不费力。路走到一半，三人停下来休息三十分钟，然后走完全程。这一路花了三个小时，一切顺利。

另外，在探照灯的照耀下，走在罗摩空寂得听不见回声的黑暗中，这一路也相当单调乏味。照着他们的一团光斑，随着他们的前进，慢慢变成一道细长的椭圆形，光柱的变化是表明他们的前进结果的唯一可见标志。要不是上面的中轴区里有人在看着他们，并且时常报告他们的前进距离，这三人都没办法知道自己是走了一公里、五公里，还是十公里。他们只是一直向前跋涉，踩着看不到一丝接缝的金属表面，走在这绵延一百万年的夜色中。

探照灯光逐渐变暗，不过在前方，远在灯光照到的极限处，终于有新东西出现了。在正常的世界里，那里应该是一道地平线；随着他们越走越近，他们可以看见，他们脚下的平原突然到头了。他们快走到海边了。

"距离仅剩一百米，"中轴区指挥台说，"最好慢点儿走。"

没必要这样，不过他们已经放慢了脚步。尽头是一道断崖，有五十米高，从平原边沿垂直跌落到柱面海里——也不知那到底是不是海，不知道会不会又是一大片那种水晶一样的神秘物质。虽然诺顿已经提醒大家，把罗摩中的任何一种东西视作寻常之物都十分危险，但柱面海里真的是冰，这一点几乎没有疑问。可是南岸的断崖却不是五十米，而是高达五百米，这该如何解释呢？

他们仿佛正在接近世界的边缘——椭圆形的灯光在他们前方突然缺了一截，变得越来越短。可是在远处柱面海弯曲的海面上，队员们被放大了的影子又如怪兽般现出身来，也让他们的每一个动作都显得十分夸张。这一路上，队员们一直都在探照灯光下前进，这些影子都寸步不离地陪伴着队员，可是现在，影子在断崖处分成两截，看起来不再像是与队员们一体了。影子仿佛是柱面海中的生物，等着对付一切胆敢闯入它们领地的入侵者。

三人站在五十米高的断崖边上，从而第一次有机会欣赏罗摩里的弯曲景象。可是任谁也不曾见过哪片冰封湖泊会向上弯曲，形成柱面。这真是叫人难受，于是双眼竭尽全力寻找其他解释。厄恩斯特医生曾经研究过视觉幻觉，她有一半时间觉得自己好像真的在看向一片水平的弧形海湾，而不是一环升到天上的柱面。要接受这番离奇的真实景象可需要凭借意志作一番努力才行。

正常景象只存在于正前方与罗摩自转轴平行的一线区域里。也只有在这个方向上，视觉和逻辑能够达成一致。在这个方向上——至少在前方几公里范围内——罗摩看起来是平的，也的确是平的……在那边，在他们扭曲的影子和探照灯光的照射范围之外，有一座独自矗立于柱面海上的孤岛。

"中轴区指挥台，"厄恩斯特医生通过无线电呼叫道，"请把探照灯光打到纽约上。"

椭圆形的光斑扫向海面，罗摩的夜晚突然笼罩上队员头顶。三人一想到脚下的断崖看不见了,便全都退后了几米。然后,仿佛用了某种神奇的舞台布景变换,纽约上的高塔一下子跃入眼帘。

这里与旧时代曼哈顿仅仅存在着表面上的相似。地球的过去在宇宙中的这个回响拥有它自己的特征。厄恩斯特医生越是盯着它看,就越是确定,这根本不是一座城市。

真正的纽约和人类所有栖居地一样,永远都没有建设完工那一天,同样也很少被设计过。可是这个地方,虽然复杂得让人难以理解,却无处不对称,无处不整齐。这地方由某种主宰一切的智慧生命所构思和规划——并且建造完成,就像一台为了某种特殊目的而设计的机器。一旦完工,这里就根本不可能扩张或是作出改动。

探照灯的灯光缓缓地扫过远方的高塔、穹隆屋顶、连成一片的球形构造,以及十字交叉的管道。岛上时不时闪过一道明亮的光,那是平整的表面朝他们反射过来的探照灯光。第一次有反射光照过来时,所有人都被吓了一跳。那场景就像是,对面那座奇怪的岛上有人在朝他们打信号……

可是他们这里所看到的,中轴区上拍到的照片里全都有,而且细节更丰富,没有丝毫新鲜内容。过了几分钟,队员们叫探照灯照回他们的位置,开始沿着断崖边缘向东走。有一个貌似很在理的说法,认为肯定在哪儿有架梯子,或是一道斜坡,可以通向下面的柱面海。飞船上有一名船员,是一个航海发烧友,曾经提出过一条有意思的推论。

"有海的地方,"露比·巴恩斯中士早有预言,"就一定有码头和港口——还有船。通过研究他们的造船技术，你能了解一个文化的方方面面。"同事们认为她的这个想法虽然过于偏颇，但起码还算振奋人心。

厄恩斯特医生几乎放弃搜索了，正打算用绳子溜下去，这时罗德里格上尉发现了那道狭窄的阶梯。阶梯位于断崖下方阴影笼罩的黑暗处，差一点儿就没看着，因为阶梯上既没有栏杆，也没有其他可以标明其存在的东西。而且梯子似乎什么地方也通不到——它以一个陡峭的角度顺着这道五十米高的垂直崖壁向下延伸，然后消失在海面下方。

队员们用头灯仔细检查了梯子的台阶，看不出可能出现意外的地方，于是厄恩斯特医生获得诺顿船长的批准，去了下面。不到一分钟，她就小心翼翼地检验柱面海的海面。

她的脚滑来滑去，脚下几乎没有丝毫摩擦。这东西感觉十分像冰。这真是冰。

她用锤头敲上去，敲击位置上生出几道裂痕，裂痕的样子十分熟悉，她毫不费力地随意收集敲下来的碎片。她对着灯光举起样品夹，有些碎片却已经化了。液体看起来就像略有浑浊的水，于是她小心翼翼地闻了闻。

"这样做安全吗？"罗德里格带着一丝紧张，向下喊道。

"相信我，波瑞斯，"劳拉回答说，"要是这附近有什么病原体，并且躲过了我的检测器的检查，咱们的人身保险一个星期前就该终止了。"

可是波瑞斯自有看法。虽然所有测试都已经做过，这种物质仍然存在着一丝十分细微的风险,也许有毒,也可能带来某种未知疾病。若是在往常,厄恩斯特医生一定连这点儿风险都不会冒。可现在呢,时间短暂,投入的本钱却十分巨大。如果到最后需要隔离"奋进"号,那么相比她在这里的收获,这点儿代价微乎其微。

"是水,不过我可不想喝它——这水闻起来像是变质的藻类培养液。我简直等不及要把它弄到实验室去。"

"在冰面上行走安全吗?"

"安全,硬得像石头。"

"那咱们就能去纽约了。"

"真的吗,彼得?你以前试过在冰面上行走四公里吗?"

"哦——我明白你的意思了。想象一下,要是咱们跟库房说,要几双溜冰鞋,他们会怎么回答!就算船上真有这东西,咱们也没几个人会用。"

"而且还有一个问题,"波瑞斯·罗德里格插嘴道,"你有没有意识到,气温已经高过冰点了?要不了多久,冰层就会融化。有几个宇航员能够泅渡四公里?我肯定不行……"

厄恩斯特医生回到断崖边,与另外两人会合,兴高采烈地举着收集样本的小瓶子。

"走了这么远,就为这几毫升脏水,不过它能告诉我们的关于罗摩的知识比目前发现的任何东西都要多。咱们回去吧。"

三人转回身,迎着远方中轴区的灯光,轻轻地、一跳一跳地走回去。事实证明,在这种低重力环境下,像这样走最为舒适。

他们时不时地回头张望，被位于冰封大海中央的小岛中所隐藏的谜团所吸引。

有一回，厄恩斯特觉得自己脸颊上似乎感受到了一丝微风。

那微风再没吹起过，她也很快便把这件事抛在脑后了。

第十六章

凯阿拉凯夸湾

"您十分清楚，佩雷拉博士，"布斯大使用耐心而又无奈的语气说，"在座诸位都不了解您那套数学气象学知识。所以请体谅我们的无知。"

"我很乐意解释，"外星生物学家坦然地说，"要解释它，最好的办法就是告诉你们接下来罗摩内部将会发生什么——而且很快就会发生。

"随着太阳的热脉冲抵达内部，罗摩里的气温很快就会升高。根据我所收到的最新消息，那里气温已经高过冰点。柱面海很快就会开始融化；与地球上的水体不同，柱面海将从底部向上渐渐融化。这就会造成一些奇特的影响，不过我更关心的是大气。

"罗摩内的空气随着受热将逐渐膨胀——还会逐渐上升到自转轴，而这就是问题所在。靠近地面的空气虽然表面看来静止不动,实际上它却与罗摩自转同步——时速超过八百公里。随着地面空气向自转轴上升,它将尝试保持这个速度——当然,这是不可能的。其结果就是狂暴的大风和湍流,据我估计,风速将在每小时两百到三百公里。

"地球上偶尔也会发生十分类似的事情。地球自转在赤道上的速度可达到每小时六百公里,那里的空气受热后上升,并且向南北方向扩散,这时也会遇到同样的问题。"

"啊,信风!我记得我在地理课上学过。"

"一点儿没错,罗伯特爵士。罗摩上将要有信风了,而且狂风肆虐。我确信那里的信风只会持续几个小时,然后又会达到某种新的平衡。与此同时,我必须建议诺顿船长立刻撤离——越快越好。我要求发送的信息就是这些。"

诺顿船长心想,只要稍微运用一点儿想象,他就能假装自己是在亚洲或者美洲偏远地区的某座山脚下临时扎营。到处乱放的防潮垫、折叠桌椅、便携式发电机、照明设备、电动自清洁厕所,还有各种各样的科学仪器,这些东西放在地球上也挺合适——尤其是在这儿工作的男男女女都没有携带生命维持装置。

修建阿尔法营地真是件苦差事,因为这里的每件东西都必须靠人力搬过一连串气闸舱,用雪橇从中轴区顺着斜坡运下来,然后在营地接货、卸货。有时候减速伞失灵,货物会随着雪橇滑到好几公里外的平原上。尽管如此,好多船员还是请求批准坐一趟雪橇,诺顿坚决地禁止了这一行为。然而,紧急情况下他会重新审视这一禁令的。

差不多所有设备都会留在这里,因为要把它们都搬回去,工作量简直无法想象——实际上,一想到要把这么多人类的鸡零狗碎留在这样一个奇异而圣洁的地方,诺顿船长心里就会生出并不理性的羞愧。等最后他们要离开时,他打算牺牲一点儿宝贵时间,把东西都摆放整齐。虽然可能性不大,但几百万年后,罗摩高速穿过别的什么星系时,没准儿又会迎来别的访客。诺顿希望他们能对地球有个好印象。

与此同时,他还有一个更加急迫的麻烦。过去二十四小时内,他分别从火星和地球上收到几条内容相差无几的信息。这巧合看起来着实古怪,两位妻子在各自的星球上一直过得好好的,可一受到什么刺激就会不约而同地采取行动。她们俩直截了当地提醒他,尽管他如今成了大英雄,可他仍然对家庭负有责任。

诺顿船长提着一把折叠椅,走到探照灯的照射范围外,走进包围营地的黑暗里。只有这样,他才能获得一点儿独处的空间,而且离开乱哄哄的营地,他想事情也更清楚些。他满腹心事地转身背对着身后有组织的忙乱,开始对着挂在脖子上的录音器说话。

"归入个人文档,抄送火星和地球。哈啰,亲爱的——是,我知道自己有多么不靠谱,可是我这一个星期都没在飞船上。船上只留了基本的人手,其他人都在罗摩内部扎营,就在被我们标为阿尔法的梯子下面。

"我眼下派出了三支小队来探索平原,不过让人失望的是,我们的进展十分缓慢,因为所有事情都得靠两条腿来完成。要是我们带了运输工具该多好!要是能有几辆电动自行车,我准保会乐开花……做这项工作,自行车真是再适合不过了。

"你曾经见过我的医务官劳拉·厄恩斯特——"他犹豫着停了下来,劳拉见过他的一位妻子,可是是哪一位?还是别说这个了——

他抹掉这句话,又开始录音。

"我的队医,医务官厄恩斯特,带队第一次前往柱面海,柱面海距离这里十五公里。正如我们事前所料,她发现柱面海里全是冰——不过你最好别喝那东西。厄恩斯特医生说那都是些有机物的稀汤,里面包含了几乎所有你叫得出名字的碳化合物,以及磷酸盐、硝酸盐,还有几十种金属盐。水里没有一丁点儿生命迹象——连死掉的微生物都没有。所以我们对罗摩人的生化机理仍旧一无所知……尽管这可能跟我们没有太大差别。"

有什么东西轻轻扫过他的头发。他太忙了,总是忘记剪头发,下回再需要戴宇航头盔之前,他一定得修剪修剪头发……

"你已经看过录影带了,我们已经探索过巴黎,还有柱面海这边的其他城镇……伦敦、罗马,还有莫斯科。这些地方让人无法相信它们修来是供什么东西居住的。巴黎看起来就像是个巨大的仓储基地。伦敦则是许许多多个圆柱体,被管线连在一起,而管线则通往一个明显是泵站的地方。所有东西都被密封得严严实实,而且除非用炸药和激光,也完全没有办法进到里面。不到别无选择的时候,我们不会这么干。

"至于罗马和莫斯科——"

"抱歉,头儿。地球来的紧急消息。"

这回又怎么了?诺顿心中问道。就不能给人几分钟,跟家里面说说话?

他从中士手中接过信,飞快地浏览一遍,看看有没有什么要紧事。然后他又看了一遍,这回慢了许多。

这个罗摩委员会是个什么鬼东西?他怎么从来没听说过?各种协会、社团还有专业团队他都听说过——有的是些严肃的组织,有的纯粹是搞怪,这些组织都在尝试联系上他;指挥中心一直在帮他们挡着,要不是他们认为这消息重要,也不会转发过来。

"风速每小时两百公里——有可能瞬间爆发"——嗯,这真要好好考虑了。可是夜晚如此宁静,让人很难把这件事情当真,何况实质性探索才刚刚启动,就要像受惊的耗子一样逃跑,这样太荒唐了。

诺顿抬起一只手,把头发拂到一边。刚才有些头发又遮到眼睛了。头发还没拨开,他的手就停住了。

他之前就感觉到有些许微风,刚才一个小时里就有好几次。风太小了,以至于被他彻底忽略了——毕竟,他驾驶的只是一艘太空飞船,而不是风帆船。在这之前,他压根儿没有从专业角度注意过空气的运动状况。如果换作是古代那艘"奋进"号上那位早就作古的船长,他该采取什么行动?

过去这些年里,每当遇到危急时刻,诺顿都会这样问自己。

这是他的秘密，他从来都没有跟别人说过。和他生命中大多数重要的事情一样，这个秘密来得也十分偶然。

当初他当上"奋进"号船长，直到好几个月过后才想到，飞船的命名出自历史上一艘十分著名的帆船。的确，在过去四百年间，从海上到太空，曾出现过十几艘"奋进"号，可是所有"奋进"号的老祖宗是惠特比的一艘排水量为370吨的运煤船，1768年到1771年间，英国皇家海军的詹姆斯·库克船长曾经驾驶这艘船环游世界。

诺顿原本只是略感兴趣，后来很快变得为之着迷，简直是如痴如醉。他开始把所有能找到的与库克船长有关的资料都读了个遍。如今，说起这位有史以来最伟大的探险家，诺顿大概是全世界最有发言权的人了，他还能大段大段地背诵库克船长的航海日志。

那时的人，装备如此简陋，却能成就如此伟业，真是让人难以置信。可是库克船长不仅仅是举世无双的航海家，还是一名科学家，而且——在那个船上法度严酷残忍的时代——是一个人道主义者。他对待自己人十分友善，这已经很不寻常；更加前所未闻的是，每当发现新的陆地，他同那些通常并不友好的野蛮人打交道也是采取同样的态度。

诺顿心里藏着一个梦想，就是至少将库克船长走过的环球线路中的一条重走一遍。他知道这个梦想永远都不可能实现。他曾经做过一次虽然有限却相当壮观的开始，这绝对会让库克船长震惊不已。当时他正处在一条越过两极的轨道上，这条轨道正好从大堡礁上方飞过。那是个晴朗的早晨,他从四百公里的高空上极佳的观察位置,看见一堵由滔天白浪形成的高墙,那里正是昆士兰海岸附近致人死命的珊瑚礁。

大堡礁绵延两千公里,而他的旅行时间只有不到五分钟。他只要一瞥便能纵览第一艘"奋进"号用时几个星期才经历过的危险旅程。透过望远镜,他还瞥见了库克镇和附近的那片海湾——当初"奋进"号在大堡礁搁浅差点儿船毁人亡,后来就是在那里被拖上岸并且加以维修。

一年后,他去访问夏威夷深空跟踪站,那是一次更加难以忘怀的经历。他开着水翼船前往凯阿拉凯夸海湾,正当他飞速经过暗沉的火山崖壁时,他感受到一份深沉的情感,这让他吃了一惊甚至感到惊慌失措。向导领着由科学家、工程师和宇航员组成的观光团经过那座闪闪发亮的金属高塔,高塔所在位置原本是一座纪念碑,后来在1968年的大海啸中被毁。他们在又黑又滑的火山岩上多走了几码,来到水边一块小铭牌跟前。细小的浪花拍打在上面,可是诺顿对此浑然不觉,他弯下腰去读上面的文字:

詹姆斯·库克船长

在此地附近

遇害

1779年2月14日

原铭牌由库克遇害一百五十周年纪念委员会

于1928年8月28日题献
后由三百周年纪念委员会
于2079年2月14日更换

　　这都是陈年往事了，故事的发生地也远在一亿公里之外。可是每到这样的时刻，库克那坚定的面容便会如在眼前。诺顿会在他思想的隐秘深处发问："好了，船长——请问您有何高见？"每当事实不足，难以作出可靠决断，只能依靠直觉的时候，他都会玩这个小游戏。这便是库克船长的一个过人之处，他总是能作出正确的选择——直到最后，直到凯阿拉凯夸湾。

　　中士耐心地等待着，而他的船长凝望着罗摩的黑夜，沉默不语。黑夜不再绵延不断，因为在四公里外的两个地方，探险队的暗淡灯光清晰可见。

　　如果出现紧急情况，我能一个小时之内把他们叫回来。诺顿告诉自己。毫无疑问，这个速度足够了。

　　他转身对中士说："这样回复：'星通公司转罗摩委员会。多谢建议，将谨慎对待。请明确"瞬间爆发"的含义。此致。"奋进"号船长诺顿。'"

　　他一直等到中士消失在营地刺眼的灯光里，这才又打开他的录音器。可是思路被打断了，他也没了那个兴致。这封信只好先放一放，以后另找时间了。

　　当诺顿疏于家庭责任的时候，库克船长可就不会来帮他了。但他突然想起来，可怜的伊丽莎白·库克在长达十六年的婚姻生活当中,与丈夫相见的机会多么难得,相聚的时间又多么短暂。然而她为丈夫生了六个孩子——并且活得比所有孩子都长久。

而他的妻子,若以光速计,距离他从来不超过十分钟路程,她们也不该抱怨什么……

第十七章

春 天

在罗摩的第一个"夜晚"让人难以入睡。夜色中的黑暗和神秘让人压抑,而更让人心中忐忑的却是寂静。自然条件下不会一丝声音都没有,人类的所有感官都需要接收到信息。如果失去了这些感知,人的意识就会自行制造出替代品。

于是,很多睡觉的人都抱怨说听到了噪声——甚至人的声音,而这显然是幻觉,因为醒着的人什么都没听见。医务官厄恩斯特开出了一个既简单又有效的处方:睡觉期间,播放轻柔的、不引人注意的背景音乐让营地安静下来。

今晚,诺顿船长觉得这个处方不够管用。他一直竖着耳朵,听着黑暗中的动静,他知道自己在听什么。可是虽然的确有轻风时不时地拂过脸庞,却没有什么声响让人觉得远方狂风乍起,而且探险小队也没有报告任何异常情况。

船上时间午夜时分,诺顿还是睡着了。通信台一直有人值班,以防万一收到紧急通知。除此之外,其他预案似乎都没有必要。

只一瞬间,诺顿连同整个营地都被一声巨响惊醒了,即使是飓风,也弄不出这么大的动静。那声音就像是天塌下来了,或者是罗摩开了道口子,正在一分两半。起初是一阵炸裂声,紧跟着是一长串叮当哗啦的声响,仿佛千百万间玻璃房子一齐被推倒了。这声音虽然只持续了几分钟,感觉却像是过去了几个小时。声音仍未断绝,诺顿来到信息中心时,声音听起来像是飘向了远方。

"中轴区指挥台!出什么事了?"

"稍等,头儿。是在海边。我们正把灯光打过去。"

头顶八公里高处,在罗摩的自转轴上,探照灯开始掉转方向,光柱扫过整个平原。灯光照上了海边,然后开始沿着海边扫视罗摩内部的世界。灯光沿着圆柱形的内表面走了四分之一圈,停了下来。

在上方的天穹处——或者说大脑仍然坚持称之为天穹的地方,发生了一件非比寻常的事情。起先,诺顿还以为海水沸腾了。柱面海不再受到无尽的冬季的束缚,不再是冰冻的静止状态;有一大块区域,足有几公里宽,正翻滚着汹涌的浪涛。柱面海的颜色也在改变,一道宽广的白色条带正在冰面上蔓延。

突然,一块四分之一公里宽的巨大冰块开始向上倾斜,就像一扇敞开的门。它缓慢而庄严地退向天空,在探照灯的照射下闪闪发亮。跟着,它向后滑去,在冰面下方消失了,与此同时,激起的巨浪泛着白沫从冰块消失的地方向四面八方扩散开来。

直到这时,诺顿才彻底明白究竟是怎么回事。冰层破裂了。这些天、这几个星期以来,柱面海深处的海水一直都在融化。他难以集中注意力,因为震耳欲聋的咆哮声仍然充斥着整个世界,并且在天空中回响不绝,可是他还是在努力为这戏剧性的狂暴场景想出个缘由。地球上冰封的江河湖泊融化时,可一点儿都不像这样……

这还用说!事情已然发生,缘由便相当好找了。随着太阳的热量透过罗摩外壳侵彻进来,柱面海是从下面开始先融化的。而冰融化成水,它的体积就会变小……

于是,上面冰层下方的海水水位持续下降,让冰层失去了支撑。日复一日,冰层受到的拉力逐渐增强。现在,曾经环绕罗摩赤道的冰环崩溃了,就像大桥失去了中间的桥墩。冰环碎裂成几百块浮岛,浮岛彼此冲撞推挤,直到全都融化。诺顿突然浑身一阵发凉,他想起之前坐雪橇前往纽约的计划……

轰响很快就退却了,冰与水之间的战争暂时形成了僵持。再过几个小时,随着温度持续升高,水将会取得胜利,而冰将彻底消失,一点儿不剩。可是从长远来看,随着罗摩绕过太阳,再次出发,深入繁星的深夜,胜者将会是冰。

诺顿又想起呼吸,随后他呼叫离海最近的探险队。罗德里格上尉马上应答,诺顿这才放下心来。海水并没有涨上来。海浪也没有溅到悬崖上面。"所以我们现在知道,"他非常平静地补充道,"为什么会有断崖了。"诺顿默默地同意他的说法,可是这不能解释南岸的悬崖为什么比这边高十倍呀,他心想。

中轴区的探照灯继续绕着这个世界察看。苏醒的柱面海正慢慢地恢复平静,冰层破裂处不再冒出翻腾的白色泡沫。十五分钟过后,海面上已不再有大的波澜了。

可是罗摩不再是一片寂静,它已经从沉睡中苏醒过来,两座冰山相撞时,冰块碾压破碎的声音又响了起来。

虽然春天来得有一点儿迟,诺顿对自己说,可是冬季已然过去了。

微风又吹起来,风力比之前的都要强。罗摩已经给过他足够多的警告了,是该离开了。

接近扶梯中点时,诺顿船长再次感谢黑暗隐藏了头顶——和脚下——的景象。虽然他知道前头还有一万多级台阶要爬,也能在头脑中想象出越往上越陡峭的弧线,可是他能看见的只有这陡坡的一小部分,这便让他好受一些。

这是他第二次上去了,他从第一次爬坡时犯的错误中吸取了教训。这种低重力环境让人一冲动就会爬得太快,每一级台阶上去都太轻松,以至于要采用一种踏实的慢速节奏攀爬变得十分困难。可是如果不慢一点儿,前面几千级台阶过后,大腿和小腿上就会感受到古怪的疼痛。平时根本不受重视的肌肉开始提出抗议,人不得不拿出越来越长的时间来休息。上次返程的最后阶段,诺顿休息的时间比爬扶梯的时间还长,可即便这样也还是够他受的。腿部抽筋让他疼了两天,要不是回到飞船的零重力环境，他基本上连动都没法动。

所以这一次，他刚起步时慢得要命，就像个老头子。他最后一个离开平原，其他人都排成一列，在他头顶上的扶梯上，距离他有半公里远，他能看见其他人晃动的头灯照向前方漆黑的斜坡。

一想到任务失败，他心里便感到难受，直到现在都希望目前只是暂时撤离。不管是怎样的气象变化，等回到中轴区，他们都可以等到它平息下来。不出意料的话，中轴区位于气旋的中心，应当是一片死寂，大家可以安全地等风暴过去。

这一回他又是把罗摩同地球作危险的类比，从而得出经验。即使是在稳态条件下，一个世界的气象也是相当复杂的。就算经过了几个世纪的研究，地球上的天气预报也还是做不到绝对可靠。而罗摩不光是个全新的系统，还在经历着剧烈的变化，因为过去几个小时内气温已经升高了好几摄氏度。不过，尽管刮起了轻微的乱风，可是通知上说的飓风仍然不见一丝迹象。

众人现在已经爬了五公里，上到第三层平台。这里的重力很低，并且在不断减弱，这五公里仅相当于地球上的两公里。这里距离自转轴还有三公里，他们休息了一个小时，一边给头灯充电，一边按摩腿上肌肉。这里是他们可以自由呼吸的最后一站。他们之前像过去攀登喜马拉雅山的登山者一样，把供氧装备都留在这里，现在则装备齐整，好完成最后一段攀登。

一小时过后，他们抵达扶梯的最顶端，也是梯子的起始位置。前面还有最后一公里的垂直路程，不过幸运的是，这里的重力只有地球的百分之几。他们又休息了三十分钟，仔细查看过氧气存量，准备好完成最后一跃。

诺顿再次确保所有部下都安全地走在他前面，彼此在梯子上保持二十米间距。这一段路爬得缓慢、坚定，并且极其乏味。攀爬时最好能清空脑袋，什么都别想，只管数身前飘过的梯级数量——一百，两百，三百，四百……

他刚数到一千二百五十级，突然意识到有什么地方不对劲儿。眼前的垂直墙壁上的光，颜色变了——而且太亮了。

诺顿船长甚至没来得及停下脚步，也没来得及警告其他人。发生这一切还不到一秒钟。

在光芒无声的冲击下，罗摩的天亮了。

第十八章

黎 明

光芒如此明亮,晃得诺顿足足有一分钟没睁开眼。之后,他冒险透过眼睑缝隙,看向近在咫尺的墙壁。眼睛里不由自主地涌出泪水,他眨眨眼睛,挤出眼泪,然后慢慢地转过头,望向罗摩的黎明景色。

这番景象他才看了几秒钟就受不了了,不得不又闭上眼睛。这一眼让人难以承受——他会慢慢适应的——不过现在罗摩的壮观奇景第一次被他尽收眼底。

诺顿早就清楚地知道会看到什么,可是这一幕还是让他目瞪口呆。他不由自主地浑身哆嗦,双手紧紧抓住梯磴,像是将要被溺死的人拼命抓住救生圈。两条小臂的肌肉开始僵硬,与此同时,两条腿——已经在几个小时的攀爬过程中筋疲力尽——却不听使唤了。要不是这里重力太低,他没准儿就摔下去了。

这时,诺顿受过的训练起作用了,他开始了克服恐惧的第一步。他仍旧闭着眼睛,努力忘记周遭的恐怖景象,做起了深呼吸,让肺里面充满氧气,并且赶走身上的疲劳。

眼下他感觉好多了,可是他还是没有睁眼,直到他完成了下一步行动。他动用了极大的意志力,才强迫自己松开右手——他必须像跟不听话的孩子谈话一样说服右手——让右手摸向腰间,从安全带上解下固定索,把搭钩钩在离他最近的梯磴上。这样,不管怎样,他都不会掉下去了。

诺顿深吸几口气,然后——仍然闭着眼睛——打开无线电。他希望自己说话时声音平稳,让人安心:"我是船长。大家还好吗?"

他一边逐个点名,并且听到每个人的回答——尽管声音都有些颤抖——一边很快找回自己的信心和自控力。

"闭好眼睛,除非你们有十足把握承受得了。"他呼叫道,"这景象真是——叫人震撼。要是有谁受不了,就不要回头看,一直爬。记住,你们很快就到零重力区了,所以你们不可能掉下去。"

虽然这样一个基本事实根本用不着向训练有素的宇航员指明,但是诺顿还是每过一阵子就要提醒自己一遍。默想零重力区是个护身符,能保护他免受伤害。不论他眼见到什么,罗摩都不可能把他拽下去,害他在八公里下的平原上粉身碎骨。

他两只手都松开,左胳膊从下面钩着梯磴。他拳头握紧又放开,等着肌肉放松下来。等感觉好多了,他睁开双眼,慢慢转过头来,面对罗摩。

他的第一印象是一片蓝色。照亮天空的亮光绝不会被错以为成太阳光，也许是一种电弧光。所以罗摩的太阳，诺顿告诉自己，一定比我们的更热。这一定会让天文学家们大感兴趣。

现在他明白那些神秘的沟渠，那六道"直谷"的用途了——它们就是六根巨大的灯管。罗摩有六根条状太阳，对称地分布在内壁。每根灯管都放出广阔的扇形灯光，经过自转轴，照亮对面的大地。罗摩心想，不知道这些灯管是轮流亮灭，从而形成光暗的循环变化，还是说这里永远都是白天。

他对着那些炫目的光带盯太久了，眼睛又疼了起来，于是闭目休息一会儿。直到这时，他才从最初的视觉震撼中缓过劲来，从而能够让自己思考一个更加严肃的问题。

是谁，或者说是什么，打开了罗摩里的灯？

这个世界是一片不毛之地，这是人类所使用的最灵敏的仪器检测得出的结论。可是现在有些无法用自然之力解释的事情正在发生。也许这里虽然不存在生命，却有可能存在意识，存在知觉——机器人也许正从亘古的睡眠中苏醒过来。也许这次突然光芒四射，并非事先的程序动作，而是随机发作的痉挛——是罗摩中的机器对新太阳的温暖作出的狂乱反应，是临死前最后一次喘息，很快就会再次跌入沉寂，永远不再苏醒。

然而，诺顿却无法相信如此简单的解释。有些拼块陆陆续续摆对位置了，可是整块拼图仍有许多缺失。比方说，罗摩里没有一丝磨损的痕迹，感觉像是全新的，仿佛刚刚才造出来……

这些念头本该让人担心，甚至恐惧，可不知怎的，诺顿并不害怕，恰恰相反，他感到高兴——甚至是近乎喜悦。这里有待探索的东西远比他们事先料想的还要多。他心想："且看罗摩委员会听说这一切后会作何反应吧。"

于是，诺顿平复情绪，心一横，睁开眼睛，把他看到的所有景色全都仔仔细细记在心里。

首先，他必须建立一套坐标系。他眼前的是人类所见过的最为庞大的封闭空间，他需要在头脑中形成一幅地图，从而确定方位。

微弱的重力对此毫无助益，因为只消动用意志力，他就可以把"上""下"方位掉转为任意方向。可是有些方向却存在心理上的风险，每当头脑往这些方向上靠拢时，他都要赶紧掐掉这个念头。

最安全的办法就是想象自己在一口宽十六公里、深四十公里的巨井的碗状井底。这样一来就不必再担心会跌落下去了，可是这样想也有其弊端。

他可以假装分散在各处的都市、城镇，以及颜色图案各异的地区，全都牢牢地固定在参天巨墙上。悬在头顶天穹上的复杂结构，似乎也不比地球上那些大会议厅里的枝状烛台更让人担心。可是让人难以接受的是柱面海……

柱面海就在井壁的半腰处——水做的腰带，绕着井壁整整一圈，看不出有任何支撑。毫无疑问，那海里就是水，蓝得鲜艳，水面上所剩无几的浮冰斑斑点点地闪着亮光。可是，垂直的大海在二十公里高的半空中围成一个完整的圆环，这幅奇景着实让人无法心安，于是过了一会儿，诺顿开始寻找替代方案。

于是他在头脑中把这一景观掉转九十度。瞬间，深井变成了长长的隧道，隧道两头都被堵死。他刚刚爬过的梯子和扶梯所指的方向自然就成了"下"。通过这样的视角，诺顿现在终于能够用这个地方的建造者的视角来欣赏罗摩了。

他面对面靠在十六公里高的弧形崖壁上，高崖的上半部分向外凸出，一直与拱形屋顶——现在变成了天空——融为一体。他身下的梯子有五百多米长，一直延伸到第一层平台。那里也是扶梯的起始点，扶梯在低重力区近乎垂直，逐渐变得越来越平缓，又经过五层平台，才接到远处的平原。诺顿能看清头两三公里扶梯的台阶，可是再远的地方，台阶就成了一条绵延不断的带子。

巨大的扶梯去势凶猛，场面让人震撼，根本看不清它的真实面貌。诺顿曾经绕着珠穆朗玛峰飞过，对那座巨峰惊叹不已。他提醒自己，这座梯子跟喜马拉雅山一样高，可是这种比较毫无意义。

再加上另外两座扶梯，贝塔和伽马，就更是没法比较了。那两道梯子斜斜地伸向天空，然后在头顶的远处形成圆弧。现在，诺顿的信心已经足够让他身子往后靠，抬头看向那两道巨梯——只瞥一眼，跟着又努力想忘记它们的存在……

因为想那几道梯子想得太多会生出关于罗摩的第三幅图景，而这一图景正是他拼尽全力想要避开的。采用这种参照系，罗摩又变成了竖直的圆柱体或者说深井——可是这一回，诺顿在顶上，而不是在井底，就像一只苍蝇，头下脚上地在穹隆天花板上爬，这天花板距离地面足有五十公里。每当诺顿发现这个念头向他袭来，他都要调动起所有意志力来抗拒它，以免自己又被吓掉魂魄，只会紧抓着梯子动弹不得。

诺顿确信，所有这些恐惧很快都会退却。罗摩的奇异景象将赶走恐惧，至少对那些训练有素，能够直面宇宙真实面目的人来说是这样。对于那些从未离开过地球，也从未置身群星怀抱的人来说，这些景色他们或许无法忍受。可是如果说有谁能接受这些景象，诺顿冷酷而坚定地想，那一定是"奋进"号的船长和船员。

诺顿看看他的天文表，虽然只停顿了两分钟，感觉却像是有一辈子那样漫长。他毫不费力地克服自身惯性和不断变弱的重力场，开始慢慢爬完最后一百米梯子。进入气闸舱、离开罗摩之前，他最后一次朝罗摩内部飞快地扫了一眼。

尽管仅仅过去几分钟，一切却变样了。海上升起迷雾。迷雾最前头的几百米形成鬼魅般的白色气柱，顶头尖尖地向前倾斜，与罗摩自转的方向相同。随后，气柱消解在一个躁动的漩涡里，因为上升的空气试图甩掉自身多余的速度。这个圆柱形世界里的信风在罗摩的天空中成形，不知多久以来的第一场热带风暴即将诞生。

第十九章

水星警告

几周以来，罗摩委员会第一次所有成员都到会了。所罗门斯教授身在太平洋深处，他在那里研究大洋中部海沟一带的采矿作业。不出大家的意料，泰勒博士又露面了，毕竟罗摩里没准儿还有些新闻价值更大的东西，至少比那些了无生气的人工制品强点儿。

主席原本满心以为，既然卡莱尔·佩雷拉博士对罗摩飓风的预测得到证实，他会比平常更加自以为是。可是出乎主席阁下的意料，佩雷拉情绪低落，连同事们向他道贺，他都是一副局促不安的样子。

实际上，这位外星生物学家深感羞愧。柱面海上冰层崩解的壮丽景象是比飓风更容易想到的现象——可他却完全没有想到。他记起了热空气上升，却忘记冰块受热体积缩小，这样的成就可不能让他感到骄傲。不过，他很快就会调整状态，重新变成往常那副超凡脱俗、自信满满的样子。

主席请佩雷拉讲话，让他谈谈对罗摩未来气候变化的看法，佩雷拉小心翼翼地不肯做正面回答。

"大家必须明白，"他解释道，"像罗摩这样古怪的世界，可能还有其他我们意料不到的气象情况。不过如果我的计算准确，那么罗摩里不会再产生风暴了，而且气象条件很快就会稳定下来。温度会缓慢上升，直到罗摩抵达近日点——然后离开——不过那都与我们无关啦，因为'奋进'号早在这之前就已经离开了。"

"这么说，很快就可以安全地返回内部了？"

"呃——也许吧。四十八小时之后咱们肯定就知道了。"

"必须赶紧回去，"水星大使说道，"我们必须竭尽所能地去了解罗摩。如今情况已经彻底变了。"

"我想大家都明白您的意思，不过您愿不愿意说具体一点儿？"

"当然。直到现在，我们都一直假设罗摩上没有生命——或者说不受任何控制。可是我们不能再假装它已经废弃了。即使上面没有任何生命形式，罗摩仍然有可能受机器人指挥，经过编程要完成某项任务——也许会对我们极为不利。这样想虽然可能让人不快，但我们必须考虑自卫的问题了。"

众人七嘴八舌地表示反对，主席不得不举起一只手来维持秩序。

"让大使阁下说完！"他请求道，"不管喜欢与否，我们都该认真考虑这个想法。"

"恕我冒昧,大使阁下,"康拉德·泰勒博士态度粗鲁地说,"我认为,担心罗摩来者不善的想法纯属天真,根本无需考虑。像罗摩人这样先进的生命,其道德水平一定也早就有了同样的发展。不然,他们早就把自己毁掉了——我们在二十世纪就差点儿这样干过。这个观点我在新书《道德与宇宙》中阐述得相当清楚。我想您已经收到书了。"

"好的,谢谢,只怕其他事务缠身,我顶多只能看看序言啦。不过,我对这一观点还是有大致的了解。我们也许对一座蚁冢并无恶意,可是如果我们想在那个地方建座房子呢……"

"这种说法跟潘多拉党一样恶劣!是彻头彻尾的星际排外思想!"

"好啦,诸位!这些争论毫无意义。大使先生,您请接着说吧。"

主席隔着三十八万公里的距离瞪着康拉德·泰勒,后者不情不愿地平静下来,仿佛一座等待爆发的火山。

"谢谢主席,"水星大使说,"罗摩也许不会这么危险,可是事关全人类的未来,我们绝不能冒一丝风险。而且,如果可以这样说的话,我们水星人对此事尤为关注。我们比任何人都更有理由保持警惕。"

泰勒鼻子里一哼,却因为来自月亮的怒目相视而没有发作。

"为什么说水星比其他行星更加警觉?"主席问道。

"看看情势的发展状况吧。罗摩已经深入我们的轨道内部。

它未来的动向——绕过太阳，然后重新飞出太阳系，飞回星际太空——还只是个假说。万一它开始减速呢？如果它真这样做，三天后它就抵达近日点了。我们的科学家告诉我，如果罗摩在那里完成整个变速动作，那它将停留在一个距离太阳只有两千五百万公里的圆形轨道上。它在那里可以支配整个太阳系。"

有好长一段时间，所有人——甚至包括康拉德·泰勒——都沉默不语。委员会的每一位成员都在思索这些难缠的水星人，他们跟水星大使都是一个类型。

对大多数人来说，水星活脱脱就是个地狱——至少，在出现更糟糕的地方之前，这里就可以权当是地狱。可是水星人对他们的怪异星球相当骄傲——水星上的一天比一年还长，每天有两次日出和两次日落，河里流淌着融化的金属……同水星相比，月球和火星根本不值一提。在人类登陆金星之前（要是真的登陆的话），没有哪个星球的环境会比水星还要恶劣。

然而这个世界从很多方面都成了太阳系的关键所在。回过头来看，这一结果似乎非常明显，可是当人们意识到这一点时，人类早已进入太空时代将近一个世纪了。如今水星人绝不会让任何人忘记这一点。

早在人类抵达这颗行星之前，水星那反常的密度便已经暗示其上含有大量重元素。尽管如此，水星上的财富还是让人咋舌，它把关于人类文明的关键金属消耗殆尽的担心推后了一千年。不仅如此，这笔财富的所在位置也是宝地，那里太阳能的功率比寒冷的地球大十倍。

无限的能量，无限的金属，这便是水星。水星上巨大的电磁发射架能把人类制造的产品弹射到太阳系内的任何位置。水星还能通过人造铀同位素，或是直接以辐射的方式出口能源。人们估计，总有一天水星上的激光能够融化巨大的木星，不过其他星球还没有完全接纳这个主意。这项技术既然能把木星烧开锅，那么也大有可能被用作星际讹诈。

这样的顾虑足以说明人们对水星人的普遍态度。人们尊敬他们的坚韧性格和工程技术，并且钦佩他们居然能征服如此可怕的世界。可是人们不喜欢水星人，而且不信任他们。

与此同时，水星人的观点也常会受到重视。有个时常被提起的笑话说，水星人的行动有时候就好像太阳是他们的私人财产。他们与太阳绑在一起，形成一种又爱又恨、牢不可破的关系——就像当年的维京人与海洋，尼泊尔人与喜马拉雅山，因纽特人与苔原。太阳的力量支配控制着他们的生活，要是有什么东西横插进两者之间，水星人一定会非常不高兴。

到最后，是主席打破了漫长的沉默。他至今记得印度的太阳有多毒辣，再一想水星上的太阳，他不禁打了个哆嗦。所以他认真考虑水星人所说的话，尽管在他看来，这些家伙都是些掌握高科技的野蛮人。

"我认为您的话很有价值，大使先生，"他慢慢地说，"那么您有何建议？"

"好的，先生。在决定如何行动之前，我们先要掌握情况。我们知道罗摩的地理状况——如果可以用这个词的话——可是我们并不了解它的性能。而整个问题的关键就是：罗摩有推进系统吗？它能变轨吗？我很想听听佩雷拉博士的见解。"

"这个问题我想了很久，"外星生物学家回答道，"当然，一定有某种发射装置给罗摩提供了最初的动力，但这有可能是个外部的推进器。就算罗摩自身真的带有推进器，我们目前也没有发现它的踪迹。罗摩显然没有火箭发射管，外壳上也找不到一处类似的东西。"

"有可能隐藏起来了。"

"的确，不过这样做没有意义呀。再说，它的燃料罐在哪儿？那是它的动力所在啊。罗摩的外壳主体都是实心的——我们已经用地震仪探测过了。北极地区的那几个孔洞其实是气闸舱系统。"

"那就剩下罗摩南极了。由于十公里宽的海水阻挡，诺顿船长没办法过去察看。南极地区有很多种奇特的机器和结构——你们已经看过图片了。我们只能猜测它们究竟是什么。

"可是接下来的话我却很有把握。如果罗摩真的有推进系统，那它绝不在我们目前的知识范围之内。实际上，它很可能是大名鼎鼎的、被人们讨论两百多年的'宇宙推进器'。"

"你真认为有这个可能？"

"当然。如果我们能证明罗摩拥有'宇宙推进器'——哪怕我们完全不明白它的运转方式——那这将是一项重大发现。至少，我们会知道这东西是存在的。"

"到底什么是宇宙推进器？"地球大使可怜巴巴地问道。

"罗伯特爵士,任何不以火箭推进的原理工作的推进系统,都叫宇宙推进器。反重力系统——如果能实现的话——就是个典型例子。就目前而言,我们还不知道上哪儿去找这种推进器,大多数科学家都怀疑这种东西是不是真的存在。"

"没有。"戴维森教授插嘴道,"牛顿早有定论。你不可能施加作用力而不受反作用力。宇宙推进器都是胡扯。记住我说的话。"

"您说的也许对吧。"佩雷拉的回答温和得出奇,"可是如果罗摩没有宇宙推进器,那它就根本没有推进装置。罗摩的燃料罐一定十分巨大,根本没有安放推进器的空间。"

"很难想象这样一个完整世界被推着遨游宇宙,"丹尼斯·所罗门斯说,"里面的物体会怎样?所有东西都会被晃下来。真是麻烦。"

"嗯,加速度很可能非常低。最大的问题是柱面海里的水。要怎样才能避免水……"

佩雷拉的声音突然变小了,两眼一阵迷茫,像是要犯癫痫病,甚或是心脏病发作一样。同事们紧张地看着他,紧接着,他突然放松下来,一拳擂在桌子上,大声叫道:"可不是嘛!这样子就全都有解释了!柱面海南岸高崖——这下就说得通了!"

"我可没觉着。"月球大使抱怨道,这也是在座其他诸位外交官的心声。

"看看这张罗摩的纵向剖面图,"佩雷拉展开地图,继续兴奋地说,"你们也都有吧?柱面海两岸是两道断崖,断崖在罗摩内部绕了一圈。北岸断崖只有五十米高，而与之相对的，南岸崖壁的高度却将近半公里。为什么会有这么大的差别？之前没有任何人能想出个合理的原因。

"可是假设罗摩真的能够推动自己——北极冲前进行加速。那柱面海里的水就会向后运动，南边的水面就会升高——也许能升高几百米。因此南岸断崖，想想看——"

佩雷拉飞快地写写画画起来。才一会儿工夫——不超过二十秒——他就胜券在握地抬起头来。

"已知两岸崖壁的高度，咱们就能计算出罗摩所能承受的最大加速度。如果加速度超过地球重力的百分之二，海水就会漫过高崖，涌上南岸大陆了。"

"地球重力的五十分之一？这不算大。"

"很大了——罗摩质量足有十万亿吨。这个加速度足以改变天文级质量的物体的轨道。"

"非常感谢您，佩雷拉博士，"火星大使说，"您向我们提供了很多值得思考的内容。主席先生——我们可以提醒诺顿船长探索南极地区十分重要吗？"

"他正在尽力而为。当然，柱面海是个障碍。他们正在想办法造个筏子——这样他们就至少能到纽约。"

"南极可能更重要。此外，我打算把这些材料提交给联合星球大会。不知诸位是否同意？"

没有人反对，连泰勒博士也不例外。可是委员会诸位成员刚要准备下线，路易斯爵士举起手来。

这位年迈的历史学家极少说话,可一旦他开口了,每个人都会洗耳恭听。

"假设我们真的发现罗摩是——活的——而且具备这些能力。军事领域里有一句老话,能力并不等于意图。"

"我们还要等多久来搞清楚它的意图何在?"水星人问,"等我们发现了,也许已经为时太晚了。"

"已经晚了。我们如今无论如何都没有办法影响罗摩了。说真的,我看从来都没有过办法。"

"我不这么看,路易斯爵士。办法很多——如果必要的话。可是时间相当紧迫。罗摩就是宇宙里的一颗蛋,被太阳的火温暖着。这颗蛋随时都可能孵化。"

委员会主席看向水星大使,毫不掩饰自己的震惊。在他的外交生涯中,他很少如此吃惊过。

他做梦都不曾想到,水星人竟然会有这样诗情画意的想象力。

第二十章

启示录

如果手下船员称他"船长",或者更糟糕,叫他"诺顿先生",那一定是出了什么严重状况了。在他印象里,波瑞斯·罗德里格还从没有这样称呼过他,所以这次一定是遇上大麻烦了。即便是平时,罗德里格上尉也是个性格沉稳、古板的人。

舱门在两人身后刚一关上,诺顿就问:"出什么事了,波瑞斯?"

"船长,我请求允许使用飞船优先级权限,向地球直接发送一条信息。"

这虽然不是没有先例,却也的确相当反常。常规通信都是发往最近的行星中继站——现在通过水星转送信息——虽然信息传送的时间只需要几分钟,但出现在收信人的书桌上却要经过五六个小时。百分之九十九的情况下,这个效率已经够高了,但是紧急情况下,船长有权决定使用更加直接也更加昂贵的通信频道。

"你肯定知道,你这样做要给我个好理由。我们的全部可用带宽都已经被数据传输占满了。是你自己有急事吗?"

"不是的,船长。这件事比私事重要得多。我是要给教会总堂发信息。"

啊——啊,诺顿心想,这可怎么办?

"还是希望你解释一下。"

诺顿提这个要求,不仅仅是因为好奇——虽然肯定有好奇的成分。要给波瑞斯优先权限,就要先看他这个要求是否正当。

波瑞斯一双平静的蓝眼睛直视诺顿。波瑞斯一向十分自信,诺顿还从不知道他也会失态。太空基督教徒都是这样,这是他们的信仰带来的一大好处,帮助他们成为优秀的太空人。然而有些时候,对那些从来没有蒙受上帝启示的倒霉蛋来说,他们这种自信十足的样子实在让人恼火。

"这涉及罗摩的目标,船长。我相信我已经发现了。"

"接着说。"

"情况是这样。罗摩是个空空如也、毫无生气的世界——但这里却适宜人类居住。这里有水,还有可供我们呼吸的大气。它来自遥远的深空,目标直指太阳系——如果这真的只是巧合的话,那也太不可思议了。而且罗摩看起来不仅仅是新,而且仿佛从未被使用过。"

这些事情我们都思索过无数次了,诺顿心想,波瑞斯会有何高见?

"我们的信仰让我们对这样一次造访早有预备，虽然我们也不知道它出现的形式。《圣经》里面有线索。如果这不是耶稣再次降临，那它有可能就是第二次末日审判——第一次审判就是诺亚方舟的故事。我相信罗摩就是一艘宇宙方舟，被送来这里，好拯救——那些值得救赎的人。"

船长舱室里好一阵沉默。倒不是诺顿感到无话可说，正好相反，他脑海中有太多问题，可他不知道该问哪些才算明智。

最后，他尽量以一种温和的、不设立场的语气评价道："这个想法很有趣，虽然我并不认同你们的信仰，但是这种说法似乎很有道理。"诺顿并没有曲意奉承，剥去宗教的外衣，罗德里格的理论至少跟他听过的另外六七种说法一样有说服力。万一真有某种大灾难将要降临到人类头上，而一个仁慈的更高级智慧对这一切早有洞见呢？这就让一切都有解释了，非常圆满。不过，还是有一些问题……

"有几个问题，波瑞斯。罗摩再过三个星期就到近日点了，在那之后，它将绕过太阳、飞离太阳系，速度跟它来时一样快。既没有时间迎接审判日，也没时间把那些，呃，选民——管他是什么的——弄上罗摩。"

"非常正确。所以在抵达近日点后，罗摩必须通过减速进入停泊轨道——轨道的远日点很可能在地球轨道上。在那里，罗摩有可能再次改变速度，并与地球相会。"

这番话真能把人说晕。如果罗摩打算留在太阳系，那眼下的运行路线再正确不过了。最有效的减速办法就是尽量靠近太阳，并在那里完成减速动作。罗德里格的理论——还有这一理论的变体——正确与否，很快就会有验证了。

"另一方面，波瑞斯，眼下控制罗摩的是什么？"

"这一点教义当中没有说明。也许纯粹是个机器人，也可能——是个鬼魂。这就能解释罗摩上为什么没有任何生命迹象了。"

鬼魂出没的小行星，为什么脑海深处会冒出这么一句话来？这时他想起自己多年前读过的一个愚蠢的故事，他想最好还是别问波瑞斯有没有读过吧。他疑心除他以外还有没有人会有这样的阅读趣味。

诺顿突然打定主意。他说："我来告诉你咱们该怎么办，波瑞斯。"他希望尽早结束这次会面，以免事情变得更加棘手，他觉得自己已经找到了很好的妥协办法。

"你能把你的想法压缩到——嗯，一千字节以内吗？"

"我想可以。"

"好。如果你能让它听起来像个直截了当的科学理论，那我就用最高优先级把它发送出去，发给罗摩委员会。这样你的总堂也能同时收到一份副本，大家就都满意了。"

"谢谢您，船长，真的万分感谢。"

"哦，我这样做可不是怕过意不去。我只是想看看委员会如何看待它。就算我不完全同意你的看法，可没准儿你真说中什么重要问题呢。"

"那么说，等到近日点就有答案了，是吗？"

"是的。到近日点就有答案了。"

波瑞斯·罗德里格走后,诺顿呼叫舰桥,授予必要的权限。他心想,问题圆满解决了——何况,万一波瑞斯真说对了呢?

这样一来,没准儿他得到救赎的机会也增加了。

第二十一章

风暴过后

众人沿着现在已经熟悉了的甬道飘过阿尔法气闸舱系统,诺顿心想,不知道他们有没有因为过于急切而变得鲁莽。大家在"奋进"号上等了四十八个小时——整整两天的宝贵时间——一旦有必要随时准备撤离。结果什么事情都没有发生,留在罗摩上的设备也没有监测到异常状况。让人沮丧的是,罗摩里面浓雾弥漫,直到现在才刚刚开始消散。大雾把能见度降到区区几米,中轴区的电视摄像头里什么都看不见。

众人打开最后一道气闸舱门,飘出门外,飘到引导绳交织成的、围住整个中轴区的绳网上。诺顿最先想到的是光线发生了变化。罗摩里不再是刺眼的蓝光,而是变得柔和了许多,让他想起地球上飘着薄雾却日光明亮的天气。

他沿着罗摩自转轴向外望去——只看见一条明亮的、没有任何特征的白色管道,一直通到南极那几座诡异山峰。罗摩的内部景观被云雾彻底遮住了，不留一丝缝隙，完全看不到云雾下的景致。云气上层却是轮廓分明，云雾形成一根小号的圆柱形空管，套在这个不断自转的、大号的圆柱世界里。云管宽达五六公里，里面除了几缕零散的卷云之外空无一物。

巨大的云管被下方罗摩内壁上的六根人造太阳照亮。从透过云层晕散开来的光带，可以清楚看见北岸大陆上三根太阳的位置，不过柱面海对岸的灯光却融合成一道连续的光带。

云层下面正在发生什么？诺顿问自己。不过最起码风暴已经过去了——正是因为那场风暴的离心作用，让云彩变成绕罗摩自转轴对称的完美形状。除非有别的意外状况，不然下去应该很安全。

此番回访，第一支深入探索过罗摩的队伍看起来正是合适人选。迈伦中士和"奋进"号其他船员一样，如今全都达到了医务官厄恩斯特制定的体能标准，他还诚意十足地宣称，自己再也不会穿过去那身制服了。

诺顿一边看着梅瑟、卡尔弗特和迈伦身手矫健、成竹在胸地"游"下梯子，一边提醒自己这里的变化有多大。第一次下去时，这里又冷又黑，现在他们的前方却又温暖又明亮。之前的那几次来访里，大家都确信罗摩里没有生命。从生物学角度来讲，这里也许仍是如此。可是有什么东西正在萌动，恰如波瑞斯·罗德里格所说，罗摩的鬼魂苏醒了。

队员们从梯子下到平台，正准备开始下扶梯，这时梅瑟跟往常一样对大气进行测试。他从来都不对任何事情习以为常。所有人都知道,就算他身边的人都摘了面罩舒舒服服地呼吸,他也非要先停下来检测完空气才肯打开头盔。有一回,别人问他干吗事事这么小心,他回答:"人类感官不够敏锐,这就是原因。你也许以为自己一切正常,可没准儿下一次深呼吸时就一头栽倒了。"

梅瑟看看读数,说了句:"见鬼!"

"怎么了?"卡尔弗特问。

"仪表坏了——读数太高。真奇怪,我还从没遇到过这种情况。我用自己的供氧系统试试。"

他把小型分析仪插进供氧系统的检测点,若有所思地沉默着站了一会儿。同伴们带着焦虑和关切看着他。任何能让卡尔担心的事情都应当认真对待。

他拔下仪表,又用它给罗摩的大气做了遍检测,然后呼叫中轴区指挥台。

"头儿!你能看看氧气读数吗?"

停顿了好一会儿,比正常检测用时还要久。然后诺顿用无线电回复道:"看来我这边仪表出问题了。"

梅瑟脸上慢慢浮出笑容。

"超过百分之五十,对吗?"

"对。这是什么意思?"

"意思是说,咱们都可以把面罩摘了。这样一来岂不方便?"

"我可说不准。"诺顿学着梅瑟的挖苦语调说道,"哪儿有这种好事?"没必要再多说了。和所有宇航员一样,诺顿船长对那种不可思议的好事都抱有深深的怀疑。

梅瑟把面具打开一道缝隙,小心翼翼地吸一口气。在这个海拔高度上,空气第一次变得适宜呼吸。陈腐、没有生气的味道消失了;之前空气极为干燥,引起好几起呼吸症状,现在也没那么干了。此刻的空气湿度是百分之八十,真让人吃惊,这无疑是柱面海解冻造成的效果。空气给人一种湿热的感觉,却并没有让人不舒服。梅瑟心想,这里仿佛热带海滩的夏季夜晚。过去几天里,罗摩内的气候发生了戏剧性的改善……

为什么?湿度变大并不费解,相比之下,氧气浓度的惊人增加却难解释得多。

一边继续下扶梯,梅瑟一边在脑子里进行一系列运算。直到进入云层,他也没有得出任何满意的结果。

这番经历极具戏剧性,因为变化来得十分突然。前一刻他们还在澄澈的空气中顺着扶手往下滑,这里的重力是地球的四分之一,他们一边滑,一边还要抓牢光滑的金属扶手,以免速度过快。紧跟着,突然间他们就一头撞进白雾里,能见度一下子降到几米,什么都看不见了。梅瑟猛地刹住速度,结果卡尔弗特差点儿就撞上他——而迈伦当真撞上卡尔弗特,差点儿害他掉下扶手。

"放松点儿,"梅瑟说,"拉开间距,彼此刚好能看见就行。不要提高速度,以防我突然需要停下来。"

他们在诡异的沉寂中穿过大雾，继续向下滑。卡尔弗特刚好能看见前方十米远处梅瑟的模糊身影，回头看，迈伦在他身后也保持着同样的距离。从某种角度说，这番情形比之前在罗摩伸手不见五指的黑夜中下去更加吓人。那时候起码有探照灯的灯光，能让他们看见前面有什么。可是这一回却像是在能见度极差的大海里潜水。

他们也不知道走了多远，卡尔弗特猜想他们差不多到第四层平台了，这时梅瑟又突然停了下来。三人会合后，梅瑟轻声说："注意听！你们听见什么了没？"

一分钟后，迈伦说："听见了，像是风声。"

卡尔弗特可不这么确定。他的头来回转，想要透过大雾，确定这轻微含混的声音来自何处，最后他失望地放弃努力。

三人继续滑，来到第四层平台，接着向第五层进发。一路上，那声音越来越大——也越来越熟悉。第四段扶梯滑过一半，迈伦大喊道："现在你们听出来了吧？"

这声音他们早该识别出来了，可是他们从来都不曾把它跟地球以外的任何世界联系起来。透过浓雾，不知从多远的地方，传来的是瀑布绵延不断的轰鸣声。

几分钟后，浓雾一下子消失了，就跟它出现时一样突然。三人冲出云层，冲进罗摩让人目眩的白天，光线因为低沉的云层反射而更显明亮。下面是熟悉的弧形平原——现在意识和知觉上更好接受了，因为已经看不见它环形的全貌了。同样地，他们也不难假装自己正望着一条宽阔的河谷，而柱面海翘起的两头，其实是在向外延伸出去。

三人在第五层，也就是倒数第二层平台上停了下来，并且汇报说自己已经穿过云层，接下来将认真进行详细考察。就目前所了解的情况来看，下方平原上没有任何变化，但是在这上面，在北端穹顶上，罗摩让他们见识了另一番奇观。

这便是他们之前听到的声音的源头。三四公里外，水从某个隐藏在云中的源头流下来，形成一道瀑布，他们盯着瀑布，好几分钟都没说出话，简直无法相信自己的眼睛。逻辑告诉他们，在这个旋转的世界里，任何物体都不会以直线坠落下来，可这是一道弧形的瀑布，弯向一边，偏离源头正下方好几公里……这就太不正常了，简直让人毛骨悚然。

过了好久，梅瑟说："要是伽利略生在这个世界里，等到发现这里的运动定律时，他一准儿早就疯了。"

"我以为自己知道这些定律呢，"卡尔弗特回答道，"反正我是要发疯了。你不觉得害怕吗，教授？"

"干吗要害怕？"迈伦中士说，"这是对科里奥利效应的最直观演示。真希望能把这一幕展示给我的学生看。"

梅瑟盯着那一带环绕世界的柱面海。

最后他问："你们注意到海水有什么变化没？"

"怎么了——不像以前那么蓝了。现在的颜色可称之为豌豆绿。这标志着什么？"

"也许和地球上发生的事情一样。劳拉把这片海称作有机汤，等着被摇晃出生命来。也许那里的情况就是这样。"

"这才几天!在地球上可是花了上千万年呢!"

"根据最新的估计,三亿五千七百万年。氧气就是这么来的。罗摩飞快地经过厌氧菌的阶段,现在已经进化出光合植物——才过去四十八小时。真不知道明天又会造出什么。"

第二十二章

柱面海之旅

三人一下扶梯,便又吓了一跳。起先,营地里好像来过什么东西,把装备翻得到处都是,甚至把一些小物件收集起来带走。可是稍做察看后,之前的警惕变成了让人脸红的恼火。

都是被风吹的,虽然他们在离开前把所有零散物品全都固定好,可有些绳子还是在狂风中松开了。他们要花上好几天才能把吹散的物资全部收集起来。

除此之外,这里再没有大的变化。春季的间歇风暴已然过去,罗摩也再次沉寂下来。在远处,紧挨着平原的是一片平静的大海,等待着上百万年来的第一艘船。

"新船命名,不该敲碎一瓶香槟吗?"

"就算船上有香槟,我也绝不允许这么浪费。何况现在已经晚了，咱们已经起航了。"

"至少这东西能漂起来。你赌赢了，吉米。咱们一回地球，我就还你的账。"

"这东西是该有个名字。谁有好点子？"

大家毫不客气地评价着的这个东西此刻正在柱面海岸的台阶旁随波上下起伏。这是一只用轻金属网套着六只空桶做成的小筏子。船员们在阿尔法营地投入全部精力，花了好几天时间来制作、组装它，然后借用可拆卸的轮子拖着它在平原上走了十多公里。这是一场赌博，最好能物有所值。

这番冒险是值得的。五公里外，纽约里谜一样的高塔在没有影子的日光下闪闪发亮，从船员们刚进入罗摩时起就在嘲弄他们。所有人都坚信，这座城市——或者管它是啥呢——才是这个世界真正的中心。如果别无事情可做，那他们就必须前往纽约。

"头儿，我们还没起名字呢——叫什么好？"

诺顿先是一阵大笑，跟着一下子变得严肃起来。

"我想到一个。'决心'号。"

"为什么？"

"这是库克船长指挥过的一艘船，是个好名字——但愿它配得上。"

大家都不说话，陷入沉思。随后巴恩斯中士——设计筏子的主要负责人——要求来三名志愿者。在场的所有人都举起手来。

"抱歉——我们只有四件救生衣。波瑞斯、吉米、彼得，你们都多少有些航海经验。咱们试航吧。"

这样一项任务竟然交由一个中士来指挥，可是大家都丝毫没有感到奇怪。露比·巴恩斯是飞船上唯一一个拥有商船船长资质的人，于是事情就这么定了。她曾经驾驶比赛用三体船横渡太平洋，而这段航程只有几公里，并且风平浪静，以她的航海技术来说，毫无挑战。

　　从第一次看见柱面海时起，她就下定决心要进行一趟海上之旅。人类在自己的世界里和水打了几千年交道，还从不曾有哪个航海家面对过与这里有哪怕分毫相似的大海。这段时间里，她脑子里老是会想起一句傻呵呵的笑话，赶也赶不走。"在柱子一样的大海上航行……"好啦，这就是她马上要做的事情。

　　几位乘客在权当座位的水桶上落座后，露比打开节流阀。功率为二十千瓦的马达隆隆作响，减速齿轮机的传动链抖起来，"决心"号在围观者们的欢呼声中冲了出去。

　　露比原本希望在这种载重情况下时速能达到十五公里每小时，不过只要超过十公里她就心满意足了。之前沿着断崖量出半公里的路程，她来回一共用时五分半。刨去转弯的时间，时速大概有十二公里，她对此相当满意。

　　如果不用动力，只凭借三个体力充沛的桨手和她一道划桨，露比能达到前面速度的四分之一。这样即使马达坏了，他们花上几个小时，还是能够回到岸上。耐久电池所能提供的电力足够他们环游全世界了，为了安全起见，她还带了两组备用电池。既然雾气已经彻底消散，就连露比这样小心谨慎的水手也准备不带指南针，直接下水。

她上了岸,帅气地敬过一礼,说:"'决心'号处女航胜利完成,长官。正等待您的指示。"

"非常好……舰队司令。你们何时做好出发准备?"

"只等物资上船,港务长给出航道。"

"那我们天亮出发。"

"是,长官。"

从地图上看,五公里水路似乎并不算长,可到了海上,情况就大不一样了。他们才航行了十分钟,北岸五十米高的断崖就已经像是远在天边了。然而,让人费解的是,纽约却仿佛丝毫都没有向他们靠近……

不过大部分时间里,他们根本没在意陆地,而是仍然全神贯注于柱面海的奇异景象。他们不再像航行之初那样讲一些紧张兮兮的笑话,这番新的体验着实能夺人心魄。

诺顿心想,每当他感觉自己逐渐适应罗摩了,罗摩就会奉上新的奇观。"决心"号马达嗡鸣着向前航行,他们却仿佛被困在一道滔天巨浪的谷底——这巨浪两边翘起,直到变成垂直状态——然后互相靠拢,到最后两边相接,在他们头顶形成一道十六公里高的水做的拱门。尽管一切都有逻辑和理性的解释,可是每个航行者都没法不觉得,那成百上千万吨水随时都会从天上崩塌、砸落下来。

可是尽管如此,大家还是感到兴奋不已——这里十分惊险,却并没有真正的危险。当然了，除非大海自身又出现别的意外。

这真的非常有可能，因为正如梅瑟猜测的那样，水里现在充满了活物。每一勺水里都包含了千万个球形的单细胞微生物，就跟当初存在于地球大洋中的、最早期的浮游生物形态一样。

然而两者也有着令人疑惑的不同之处——这里的微生物不仅没有细胞核，就连许多地球生命所必需的细胞结构也没有。虽然劳拉·厄恩斯特——如今身兼科学家和飞船医生二职——已经证明这些微生物的确能产生氧气，可是以它们的数量之少，仍然无法解释罗摩大气密度何以会有如此显著的增加。这些微生物本该以数十亿计，而非数千。

后来，厄恩斯特发现微生物的数量在快速减少，而且在罗摩天亮之初那几个小时里，其数量一定远远高于现在。就好像生命在极短时间内来了一次大爆发，重演了一遍地球的早期历史，只是演化速度比地球快了上万亿倍。如今，罗摩也许已经筋疲力尽，水中漂浮的微生物群正在土崩瓦解，把自己储存的化学物质重新释放回海洋里。

"如果你们不得不游泳过去的话，"厄恩斯特警告水手们，"一定要把嘴闭紧。呛进一点儿水没什么——前提是马上吐出来。不过水里满是各种奇怪的有机金属盐，凑到一起毒性相当了得，我可不想费力气研究解药。"

幸运的是，这种危险微乎其微。就算有两个浮箱透水了，"决心"号仍然能够浮在水面上。（当初听到这番话时，乔·卡尔弗特悲观地说："可别忘了'泰坦尼克'号！"）而且就算真沉了，众人身上虽然做工粗糙却十分有效的救生衣还是能保证他们的脑袋在水面以上。劳拉虽然不愿意作出断言，但她认为在海水中泡上几个小时不会有致命危险，但她也绝不推荐这样做。

二十分钟的跋涉过后，纽约已不再是远方的小岛了。它正慢慢变成一个真正的地方，之前只有借由望远镜和放大后的照片才能观察到的细节，现在也变成了巨大、坚实的建筑物。让人印象深刻的是，这座"城市"和罗摩本身一样，也分为三个相同的部分；一片长长的椭圆形地基上，建有三个形状完全一样的环形建筑群，或者说是上层建筑。从中轴区拍摄的照片还显示出，每个建筑群本身又被分成三等份，像一个馅饼，每隔一百二十度就切出一块。这样一来，探索任务就大大简化了，只要考察纽约的九分之一，就可以认为完全了解这个地方了。可是即便如此，工作量还是十分巨大，这意味着他们要调查至少一平方公里范围内的建筑物和机械设备，其中有一些高达数百米。

看起来，罗摩人似乎把"好事成三"的理念发挥到极致了。这在气闸舱系统、中轴区的扶梯和人造太阳上都有体现。而真正关键的是，他们还会更进一步，给"好事成三"再来个"好事成三"，纽约就是一个例证。

露比掌着舵，操控"决心"号驶向中间的建筑群，那里有一道梯子，下接水面，上通环绕岛屿的墙或者堤岸顶端，附近还有个系泊码头，可以把船拴在那儿。露比一看见这里就兴奋得不得了。现在她非找到一艘罗摩人在这奇异的海上驾驶的船来不可。

诺顿船长第一个上岸。他回头看看三个同伴，说："在船上等着,我先到墙上面去。等我挥手了,彼得和波瑞斯就跟我会合。露比,你留在船上,一有状况,立刻撤离。万一我出意外了,向卡尔汇报,听从他的指示。自己作判断——但是别逞能。明白吗?"

"明白,头儿。祝你好运!"

诺顿船长其实并不相信运气。他总是在把所有因素都考虑周全后才会采取行动,并且总是确保自己留有退路。可是罗摩再一次迫使他打破自己珍视的规矩。这里的方方面面他都毫不了解——就像三百五十年前,他心中的大英雄对太平洋和大堡礁毫不了解一样……是啊,自己有多少运气,这会儿都派得上用场。梯子实际上跟众人从对岸下水时走过的梯子一模一样,毫无疑问,那边岸上的朋友们正隔着很远的距离,透过望远镜直直地看向他。在这里,"直直地"这个字眼相当准确,这个方向与罗摩的自转轴平行,海洋的确是平坦的。这里很可能是整个宇宙中仅有的一处真正平坦的水体,因为在其他任何星球上,所有大湖大海一定呈球形表面,并且每一处都曲率相同。

"快到顶了。"他汇报道,既是为了做记录,也是为了告诉五公里外专心聆听的副手,"仍旧十分安静——辐射情况正常。我把仪表举过头顶,以免这堵墙屏蔽了什么东西。如果墙后真有什么不怀好意的家伙,那也是仪表先被击中。"

当然,他是在开玩笑。可是——既然可以轻松避免风险,干吗还要冒失呢?

他迈上最后一级台阶,看见这道堤坝顶部平坦,有十米厚;

堤坝内侧，斜面和扶梯交替向下，一直通到下方二十米处的城市地面。实际上，他正站在一堵高墙上，这堵高墙把纽约整个围了起来，这样一来，他就能像站在看台上一样纵览整座城市。

城市构造十分复杂，看得他目瞪口呆，他的第一反应就是用摄像机慢慢拍摄下城市全貌。然后他向同伴挥挥手，同时用无线电隔着大海向后方报告："没有任何活动迹象——到处都很安静。上来吧——咱们开始探险。"

第二十三章

罗摩的纽约

十分钟后,诺顿得出结论:这不是城市,而是机器。在岛上完成整个探索旅程之后,他也没看出理由要改变这个结论。一座城市——不论其居住者有何特质——必定要提供某种类型的住所,而在这里却压根儿没有这类东西,除非住所都安排在地下。可如果真是这样,那入口、楼梯、升降梯又在哪儿?诺顿连一扇可称得上门的东西都没找到……

诺顿在地球上见过的跟这里最相像的地方是一处巨大的化学处理厂区。然而,这里既没有化工原料的储藏区,也看不出有任何用来转移原料的运输系统。他也无法想象成品会从什么地方出来——更别说出来的会是什么成品。整个地方都让人摸不着头脑,而且叫人十分丧气。

最后,他对所有潜在听众说道:"有谁愿意来猜猜看吗?如果这里是一家工厂,那它会制造些什么?它又从哪儿弄来原材料？"

"我有个看法，头儿。"海对岸的卡尔·梅瑟说，"没准儿它用的是海水。医生说，你想得出来的东西，海水里都有。"

这个回答有几分道理，诺顿也早就考虑过了。很可能有地下管道通向柱面海——实际上，肯定有，因为在他看来，任何化工厂都会用到大量的水。可是他总是对有几分道理的答案持怀疑态度——这些答案往往都是错的。

"想法不错，卡尔，可是纽约能拿海水干什么呢？"

很长一段时间，不论是飞船上、中轴区还是北边的平原上，所有人都没有回答。随后，一个意想不到的声音说话了。

"答案很简单，头儿。可是我要说了，你们所有人都得笑话我了。"

"不会的，没人笑话你，拉维。说吧。"

拉维·麦克安德鲁斯中士身兼二职，既是餐厅管理员，也是笨笨饲养员。通常他是整艘船上最不愿意参与技术讨论的人。他人不算聪明，科学知识也非常有限，不过他并不傻，而且有股所有人都佩服的机智劲儿。

"那个，这是座工厂没错，头儿，而且原材料很可能由海水提供……毕竟，地球上也是这样的，尽管方式跟这里不一样……我觉得纽约这座工厂造的是——罗摩人。"

有人不知在什么地方窃笑起来，可是很快就不出声了，他也没有说自己是谁。

最后，船长说："要知道，拉维，这个说法太疯狂了，可没准儿还真是这样。不过我可不知道要不要看它得到验证……至少，得先等我回到陆地上再说。"

这个宇宙中的纽约，大小跟曼哈顿岛不相上下，可是它的几何外观却完全不同。这里几乎没有笔直的干道，只有一些短短的同心圆弧，由放射状的道路联结，构成一座迷宫。幸运的是，在罗摩里并不容易迷路，只消朝天上看一眼，就足以辨认出这个世界的南北方向。

每到一个路口，他们都要停下来做一次全景扫描。这几百张照片要全部整理出来，虽然工作十分枯燥，却能为这座城市制作出一个准确而又直观的全景模型。诺顿估计，这个逐渐拼贴成形的拼贴画足够好几代科学家忙活了。

这里的寂静比罗摩平原上的更加难以适应。城市级别的机器总该制造点儿声响才对，可是这里连最细小的电流嗡鸣声，或者是最轻微机器运转的声音都没有。诺顿好几次把耳朵贴在地面上，不然就贴到建筑物外墙上凝神谛听。可他除了自己的脉搏声，什么也没听见。

所有机器都在沉睡，甚至没有空转。它们会再次启动吗？启动之后又要做什么？和他们遇到的其他情况一样，这里的一切都状态良好，很容易让人觉得，只要某台隐藏起来、耐心等待的电脑闭合一个回路，整个迷宫就会活络起来。

众人终于来到城市的另一边，他们爬到围绕城市的堤坝顶上，目光越过南侧的柱面海。有好一阵子，诺顿一直都在盯着那五百米高的断崖。这道高崖将他们挡在几乎半个罗摩的外面，而从望远镜上观察，南半部分也是最复杂、最特别的部分。从这个角度看，高崖呈现出不吉利的、让人望而却步的黑色，很容易让人联想到，这是一堵监狱高墙，围住了整片大陆。整个环形的高墙上都没有一处梯子，或是其他任何让人进入的设施。

诺顿心想，不知道罗摩人是怎样从纽约进入南部大陆的。也许柱面海下方有什么地下运输系统，不过他们肯定也有飞行器——城市里有很多开放区域，可以用来降落。如果能发现罗摩的运输工具，那将是一个大收获——如果能学会如何操作就更是如此了（不过，几十万年过去了，还有哪种能量来源可以继续使用呢？）。这里有大量看起来像是飞机棚或是车库的建筑，不过这些建筑全都没有窗户，不留缝隙，仿佛全都喷过密封剂。诺顿阴沉沉地告诉自己，倘若逼不得已，他们早晚会用上炸药和激光。他打定主意，没到最后时刻就先把这个想法放到一边。

他之所以不愿意使用蛮力，一部分是基于骄傲，一部分也是因为恐惧。他可不想表现得像个在科技方面一窍不通的野蛮人，一遇到无法理解的事物就把它砸个稀巴烂。毕竟他是这个世界上的不速之客，理应表现得得体一点儿。

至于说他的恐惧——这么说也许是言过其实了，说是担心也许更准确些。罗摩人似乎早就有万全之计，诺顿并不急于了解他们保卫自己财产的手段。他将两手空空地返回大陆。

第二十四章

"蜻蜓"号

詹姆斯·派克上尉是"奋进"号上资历最浅的军官,这才是他第四次深空任务。此人志向远大,而且到了该得到提拔的时候,可他也做了一件严重违反纪律的事情。因此无怪他作出决定会花费那么长时间。

这将是一场豪赌,万一输了,那他就有大麻烦了。他拿来冒险的不仅仅是他的职业生涯,甚至可能丢掉性命。可是一旦成功,那他就成了英雄。最终促使他下定决心的却不是这些内心挣扎,而是如果他无所作为,那他肯定这辈子都要后悔自己没把握住机会。不管怎样,在他请求与船长私下会面时,心里仍然有些犹豫。

这回又是什么事?诺顿一边端详着年轻军官脸上不确定的表情,一边自问。他还记得与波瑞斯·罗德里格那次微妙的谈话——不会，这回肯定不会出现上次那样的谈话。吉米①才不是那种信仰宗教的人，他在工作之外所表现出来的爱好只有体育运动和性爱，并且两方面都表现不俗。

他来不太可能是想讨论前者，诺顿也希望不要是因为后者。他在这间舱室里遇到过一个指挥官可能遇到的绝大多数问题——除了一个经典局面：有人在执行任务期间突然要生孩子了。这种情况虽然在数不清的笑话里出现过，但是还从来都没发生过，不过这么不靠谱的情况恐怕迟早都会发生吧。

"好啦，吉米，有什么事？"

"我有个主意，船长。我知道怎样前往南部大陆——甚至前往南极。"

"我听着呢——你有什么建议？"

"呃——飞过去。"

"吉米，这种建议我这里起码有五条——如果把来自地球的疯狂点子也算上就更多了。我们想过有没有可能利用咱们太空服的推进器，可是由于空气阻力，这样做根本没有希望。飞不了十公里就会耗尽燃料。"

"我知道。不过我有办法。"

派克上尉的语气很奇怪，同时包含了十足的自信和几乎难以抑制的紧张不安。诺顿彻底糊涂了：这孩子在担心什么？他肯定非常了解自己的指挥官，知道只要建议合理，诺顿就不会

---

① Jimmy是James的昵称。

笑话他。

"那么,接着说吧。如果确有其效,光凭这个,我就能升你的职。"

这句半是许诺、半是玩笑的话并没有起到预期效果。吉米无力地笑了笑,好几次欲言又止,最后决定先绕个圈子再进入正题。

"您知道,船长,我去年参加了月球奥运会。"

"当然。可惜你没拿到冠军。"

"是装备太差,我知道问题出在哪儿。我在火星上有些朋友,他们一直在进行一些秘密改进。我们打算给所有人来个惊喜。"

"火星?可我不知道……"

"没多少人知道——这项运动在火星才刚刚开展,只在赞特穹顶体育馆尝试过。不过全太阳系里最优秀的空气动力学家都在火星,如果你能在火星大气中飞起来,那你到哪儿都能飞。

"那个,我的主意就是,如果火星人能拿出看家本事造出一台好机器,那它绝对能在月球上有上佳表现——月球重力才是火星的一半。"

"听起来很有道理,可是说这个有什么用?"

诺顿心里开始有数了,不过他想等到吉米自己说出来。

"那个,我在洛威尔城和几个朋友合伙成立了一家公司。他们造了一架纯粹用于特技飞行的飞行器,其中有几项前所未见的改进。以月球的重力环境,绝对能轰动整个奥运场馆。"

"并且夺得金牌。"

"但愿如此吧。"

"让我看看我是不是明白了你的意思。月球的重力相当于地球的六分之一，而罗摩里根本没有重力，一辆空中自行车既然能打入月球奥运会，那就一定能在罗摩内部表现更好。你骑着它，从北极沿着自转轴一直飞到南极，然后飞回来。"

"是的——很容易。不停歇的话，单程需要三个小时。不过当然了，想休息的话随时都可以，只要始终在自转轴附近就行。"

"真是个好主意，我要祝贺你。可惜的是，太空勘探局的常规装备里并不包含空中自行车。"

吉米几次欲言又止，像是不知从何说起。

"好啦，吉米。纯粹出于八卦心态，绝对不会记录在案，你是怎么把这东西偷偷搬上船的？"

"呃——'消遣物品'。"

"好吧，你倒没有撒谎。那东西有多重？"

"才二十公斤。"

"才二十公斤！不过还是没我想的那么糟糕。实际上，我倒很吃惊，你能造出这么轻的自行车。"

"有的车只有十五公斤，不过这样就太脆弱了，拐弯时经常会拧弯。而'蜻蜓'号就不会有这种危险。就像我说的，它完全是为特技飞行而设计的。"

"'蜻蜓'号——好名字。那么你先告诉我打算怎么用它；然后我来决定是该给你升职还是送你上军事法庭，或者来个双管齐下。"

第二十五章

处女航

"蜻蜓"号真是名副其实。长长尖尖的翅膀几乎无法看见,除非光线从某些特定角度照过来,折射出彩虹般的光彩。它就像是有一层肥皂泡敷在机翼结构精巧的支架上。这架小巧的飞行器上覆盖的是一层有机薄膜,虽然厚度只有几个分子,却十分坚韧,足以控制和引导时速五十公里的气流运动。

飞行员——同时也是动力来源和导航系统——坐在靠近飞行器重心的小座位上,身子半往后靠,从而减小空气阻力。控制飞行器只需要一根可以前后左右摇晃的操纵杆,仅有的"仪表"是一条头上系有重物的飘带,用来显示飞行器与风的相对方向。

飞行器在中轴区一组装完,吉米·派克就不准任何人碰它。那些单纤维构件一不小心就会被弄断,可是闪闪发亮的翅膀却让人忍不住想要去碰一碰它。很难想象那翅膀上真有什么东西……

诺顿船长看着吉米爬上飞行器,心里却想起别的事情。万一

"蜻蜓"号到了柱面海对面,这些细线一样的支撑构件断了,那吉米就算安全着陆,也没办法回来了。与此同时,他们正在打破太空探险中的一条神圣纪律——有人将要孤立无援地进入一片未知领域。仅有的一点儿安慰是,他将一直处在人们的视野当中,并且全程与后方保持交流。万一吉米真的遇难了,那他们将清楚地知道究竟发生了什么。

可是这个机会实在是太珍贵了,不容失去。这可能是他们仅有的一次前往罗摩另一边、近距离观察神秘南极的机会,倘若有谁相信天意或者命运,却对这样一次机会视而不见,那简直是亵渎神灵。吉米比任何船员都明白自己正在尝试什么。这正是那种非冒不可的风险,万一失败了,那就听天由命了。谁也不可能永远都稳操胜券……

"你听好了,吉米,"医务官厄恩斯特说,"千万不要透支体力,这一点相当重要。记住,自转轴的氧气含量仍然很低。不论何时,只要发现喘不过气来,立刻停下来,深呼吸三十秒——但顶多只能深呼吸这么久。"

吉米一边检测控制装置,一边心不在焉地点点头。升降舵和方向舵组成一个完整单元在一个悬臂支架上,安放在简易座舱身后五米处。舵面开始上下左右来回摆动,然后机翼中段形如薄片的副翼也上下摆动起来。

"要我帮你转螺旋桨吗?"乔·卡尔弗特问道。他忍不住想起两百年前的老战争电影。"点火!发动!"也许除了吉米,没人知道他在说什么,不过这一嗓子缓和了不少紧张气氛。

吉米开始慢慢地踩动脚蹬。螺旋桨轻薄、宽大的桨叶——和机翼一样，也是由精细的骨骼和闪闪发亮的薄膜构成——转动起来。才转了几圈，桨叶就彻底看不见了。"蜻蜓"号出发了。

它从中轴区直直地向外飞去，沿着罗摩自转轴慢慢运动。飞过一百米，吉米停止蹬车，这样一辆明显以空气动力学原理制造的交通工具却悬在半空一动不动，看起来十分怪异。除开在大型空间站的有限空间里可能有过的先例，这种情况一定是破天荒头一回出现。

"操纵起来怎么样？"诺顿喊道。

"反应敏捷，稳定性差。不过我知道问题在哪儿——没有重力。往下飞一公里会好些。"

"先等会儿——这样做安全吗？"

如果降低高度，吉米就失去了他的最大优势。只要不偏离自转轴，他和"蜻蜓"号就完全没有重量。他可以毫不费力地滑翔，只要愿意甚至可以睡上一觉。可是一旦离开罗摩自转的中轴线，充当重力的离心力就会重新出现。

这样一来，除非他一直维持在这个高度，否则他将越飞越低——与此同时，还将越来越重。这个过程进行得越来越快，直到最后以灾难收场。下方罗摩平原上的重力是"蜻蜓"号的设计承受重力的两倍。到时就算吉米能够安全降落，他也肯定没办法重新飞起来。

可是他早就把这一切都考虑到了，他自信满满地回答："在十分之一个标准重力条件下飞行没有问题。如果空气变得稠密，那它飞起来也更轻松。"

"蜻蜓"号在空中划过一道缓慢的、懒洋洋的螺旋线，大致沿着阿尔法扶梯的走势落向平原。从某些角度看，这辆小小的空中自行车几不可见，吉米像是坐在半空中狂暴地踩着脚蹬子。有时候他以三十公里时速猛冲，过一会儿又停下来，感受一下操控性，然后再次加速。他一直小心翼翼地保持着与罗摩的弧形地面之间的距离。

很快，大家就明显看出，"蜻蜓"号飞低一点儿更好控制。它没有再胡乱翻滚，飞行姿态变得稳定，从而让翅膀与下方七公里处的平原平行。吉米兜了几个大圈，然后重新开始向上爬升，最后在等待他的同事们的头顶几米处停了下来，直到这时才意识到，自己不太知道怎么让这个金贵玩意儿降落下来。

"要我们给你抛根绳子吗？"诺顿半是认真地问。

"不用，头儿——我得自己想办法下来，到另一头可没人帮我。"他坐着想了一会儿，然后一下一下地发力，让"蜻蜓"号轻轻地向中轴区靠拢。每蹬一下，由于空气阻力的作用，飞行器都会很快失去动量。到了最后五米距离，空中自行车几乎一动不动，这时吉米跳下车，让自己飘向中轴区的绳网里距离他最近的安全绳。他抓住绳子，荡了一圈回来，两手刚好抓住自行车。整个动作一气呵成，赢得众人的一阵掌声。

"下回写剧本——"乔·卡尔弗特开口道。

吉米赶紧谢绝。

"刚才真是一团糟，"他说，"不过现在我知道该怎么办了。我打算带一个黏球,再带二十米绳子;这样我就能把自己推到任何我想去的地方了。"

"把手腕给我,吉米,"医生命令道,"往这个袋子里吹气。我还要采份血样。你呼吸有困难吗?"

"只有在这个高度才困难。嘿,你要血样干什么?"

"测血糖,这样我才能知道你消耗了多少能量。我们必须确保你拥有足够能量来完成任务。对了,你骑空中自行车的耐力纪录是多少?"

"两小时二十五分钟零三点六秒。当然是在月球上——在奥运会场,那个场地一圈有两公里。"

"你觉得自己能骑上六个小时?"

"既然随时都能休息,六小时没问题。在月球上骑空中自行车的难度,起码是这里的两倍。"

"好吧吉米——回实验室去。等我一检测完样本,就告诉你能不能去。我可不想让你有不切实际的希望——不过我觉得你能行。"

吉米·派克象牙色的脸上露出大大的、满意的微笑。他一边跟着医务官厄恩斯特朝气闸舱飘去,一边回头对同伴说:"别摸它,求你们了!我可不想你们谁一拳在翅膀上捣出个窟窿。"

"我会看着的,吉米,"船长保证道,"任何人都不准靠近'蜻蜓'号——包括我自己。"

第二十六章

罗摩的声音

吉米一直到抵达柱面海岸才真正醒悟到此行究竟有多危险。在这之前，他一直都在熟悉的区域里活动，只要不出结构性的重大故障，他就一定能降落到地面，再走上几个小时回到基地。

这个选择已然没有了。如果掉进海里，那他很可能会在有毒的海水中痛苦地淹死。就算他在南岸大陆成功迫降，"奋进"号也不可能在脱离罗摩之前把他救回来。

他还敏锐地察觉到，可预见的灾难恰恰不太可能发生。他正在完全未知的区域上空飞行，这里任何意外都可能发生。万一这里有什么能飞的生物，对他的入侵怀有敌意呢？他可不想跟任何比鸽子大的东西展开空中缠斗。只要在合适的位置啄出几个窟窿，"蜻蜓"号的气动布局就全毁了。

可话说回来，如果一点儿意外都没有，那他这趟旅行就毫无收获——根本称不上"冒险"。此刻有几百万人巴不得跟他换换位置。他将要前往的地方不仅仅过去从未有人去过——将来也不会再有人类踏足。古往今来,他将是唯一一个到访过罗摩南部地区的人类。感到恐惧时,不妨想想这一点。

他已经习惯了坐在半空,而整个世界包裹着他的上下左右。因为他已经偏离自转轴两公里,有了明确的"上""下"的区别。地面在他下方,距离他只有六公里,而天穹则在头顶十公里处。伦敦"城"悬在上面靠近天顶的位置,而纽约就在头顶正前方。

"'蜻蜓'号,"中轴区指挥台说,"你飞得有点儿低了。偏离自转轴两千二百米。"

"谢谢,"他回答道,"我这就爬升。回到两千米时告诉我。"

这一点他必须十分小心。他总会不自觉地降低高度——他还没有仪表,不知道自己究竟有多高。如果他距离自转轴的零重力区太远,那他可能就永远都无法再爬升回去。幸运的是,容错空间很大,而且中轴区一直有人通过望远镜观察他的前进过程。

此刻他正在柱面海上空,正蹬着车以二十公里的时速步步前进。五分钟后,他就会飞过纽约。那座岛屿看起来就像一艘船,一圈又一圈永不止息地航行在柱面海上。

到达纽约时,他在城市头顶绕飞一圈,中间停下几次,好让他的小型摄像机可以送回稳定的、没有摇晃的电视画面。楼房、高塔、工厂厂区、供电站——不管这都是些什么——的全景画面既让人心醉,实际上又毫无意义。吉米不论盯着这些复杂构造看多久，都没有看出一点儿门道。摄像机记录的比他肉眼所见的细节多得多，总有一天——也许是很多年以后——会有某个学生在这些图像里发现打开罗摩谜团的钥匙。

吉米离开纽约，只用了十五分钟就飞过柱面海的另一半。吉米自己都没注意到，他刚才在水面上方飞得太快了，可是一旦飞到南岸，他便不自觉地放松下来，时速下降了好几公里。他虽然身处完全陌生的地区——但是起码在他身下的是陆地。

吉米一飞过柱面海南岸的高崖，就用电视摄像机把整个地区的景象完整拍摄下来。

"真漂亮！"中轴区指挥台说，"这够让地图测绘师们高兴好一阵子了。你感觉怎样？"

"我没事——只是有点儿累，不过没有我预期的那么累。你估算我距离南极点还有多远？"

"十五点六公里。"

"剩十公里时告诉我，到时候我要休息一下。千万别让我又飞太低了。等还剩下五公里时，我就重新爬升。"

二十分钟后，周遭开始收窄，罗摩的圆柱体这部分马上就走完了，很快他就要进入南半球的穹隆结构里了。

吉米此前在罗摩的另一端透过望远镜对这边研究了好几个小时，对它的地理特征早已了如指掌。可即便如此，他在面对周遭的壮观景象时还是感到猝不及防。

罗摩的南北两极在各个方面都迥然不同。这里没有三道扶梯，没有那一连串同心圆分布的狭窄平台，从中轴区到平原也没有巨大的弧形内壁。这里正中央有一根无比巨大的尖刺，长度超过五公里，沿着自转轴指向前方。在它周围均匀分布着六根小号的尖刺，尺寸是中央尖刺的一半。这些尖刺整体看来像是形状极为对称的钟乳石，从洞穴顶上垂了下来。不然，如果反转观察角度，就像某些缅甸寺庙里的高塔，建在一处凹地的最底下……

这些又尖又细的高塔之间有飞扶壁①彼此相连，这些飞扶壁从尖塔向下弯曲，最终与柱面平原融为一体。飞扶壁体形巨大，足以承受整个世界的重量。如果这些飞扶壁确如某些猜测那样，是某种外星推进装置的一部分，那也许它们就是起支撑作用的。

派克上尉小心翼翼地向中央尖刺靠拢，还剩一百米时就不再蹬车，任由"蜻蜓"号飘到那边停下来。他查看了放射水平，只探测到罗摩极低的背景辐射。这里有可能受到某种力量的影响，只不过人类的设备无法侦测到，不过这又是一项无法避免的风险。

"你看见什么了？"中轴区指挥台焦虑地问。

"只有这个大角——非常光滑——没有一丝划痕——而且尖头非常尖，都能拿来当针用。我都不敢靠近它。"

这番话里只有一半是玩笑。如此巨大的物体，尖端却能如此完美地收为一点，真是不可思议。吉米以前见过用大头针固定的

---

① 飞扶壁（flying buttress），常见于哥特式建筑，尤其是大型哥特式教堂。是一种起支撑作用的建筑结构部件，凌空跨越下层附属空间（如走道、小祈祷室等）连接到顶部高墙上肋架券的起脚部位，用于平衡肋架拱顶对墙面的侧向推力。

昆虫标本，他可不想让自己的"蜻蜓"号遭遇同样的命运。

他慢慢地向前蹬车，直到尖头放大成几米样子才又停下来。他打开一个小容器，非常小心地取出一只棒球大小的球体，把它朝尖刺扔过去。小球飘走了，身后拽着一根几不可见的线。

黏球打在尖刺弧形的光滑表面上——没有弹回来。吉米试着拉一下绳子，跟着用力一拽。他就像渔夫打鱼收线一样，慢慢把"蜻蜓"号向恰如其名的"大角"尖上拽去，一直拽到他可以一伸手就摸到尖刺为止。

"我想你们可以把这个着陆动作称作'触地得分'，"他向中轴区指挥台汇报，"这东西摸起来像玻璃——毫无摩擦感，还有点儿暖和。黏球很管用。现在我要试试拾音筒……看看吸盘能不能固定住……插入导线……听见什么了吗？"

中轴区里停顿了好一会儿，然后指挥台气鼓鼓地说："除了正常的热噪声，屁都听不见。你要不要拿块金属敲它一下？这样起码咱们能知道它是不是空心的。"

"好啊。要我干什么？"

"我们希望你沿着尖刺飞，每隔半公里就来一个全面扫描，找出其中的异常之处。这之后，在确保安全的前提下，你可以到一根小角那边去。不过前提必须是，你确保可以平安回到零重力区。"

"离开自转轴三公里——这只比月球重力大一点儿。'蜻蜓'号的设计就是要适应这种环境。只要用力蹬就行了。"

"吉米，我是船长。这件事情我又考虑了一下。从你拍摄的图片来看,小号尖刺跟那根大尖刺一模一样。你用可变焦镜头尽量拍些好照片回来。我可不想你离开低重力区……除非你有非常重要的发现。要是这样,咱再另说。"

"好啊,头儿。"吉米说,声音里仿佛有一丝放松,"我就待在大角旁边,继续开工。"

他感觉自己仿佛直直地向一道狭窄的山谷里坠落,山谷两边是几座又高又细的奇怪山峰。大角现在高出他一公里,围在大角周围的六根"小角"尖刺正在他周遭现出身形。大角下部的斜坡周围,结构复杂的飞扶壁和飞拱组合也向他迎面扑来——他心想,不知道自己能不能在下方的庞然大物之间安全降落。他已经没办法直接停在大角上了,因为随着大角的斜面越来越宽,重力也越来越大,现在黏球微弱的拉力已经无法与之相抵消了。

吉米继续靠近南极,他越发感觉自己像是一只麻雀,在一座大教堂的拱顶下方翻飞——尽管从来都没有哪座教堂的尺寸顶得上这里的百分之一。他心想,这里会不会真的是一座宗教圣堂,或是性质相似的地方,但他很快打消了这个念头。整个罗摩里都找不到一件艺术作品,每一样东西都纯粹为了实现某种功能。也许罗摩人觉得自己已经掌握了宇宙的终极秘密,不再像人类一样被种种雄心和渴望所摆布。

这个想法让人不寒而栗,跟吉米平日并不深奥的世界观格格不入。他急切地想要恢复通话,向身后远方的朋友汇报自己的处境。

"再说一遍,'蜻蜓'号,"中轴区指挥台回复道,"我们听不清——你的声音很模糊。"

"我重复一遍——我在六号小角的底部附近,正在用黏球把自己拖拽过去。"

"只能听清一部分。你能听见我说话吗?"

"能,非常清楚。重复,非常清楚。"

"请开始数数。"

"一,二,三,四……"

"断断续续。发射十五秒无线电信号,然后继续通话。"

"马上。"

吉米打开低功率无线电信标,开始读秒。不论他在罗摩里的什么地方,这个信号台都能标明他所在方位。他回到语音通话,可怜巴巴地问:"出什么事了?现在能听见了吗?"

中轴区显然还是没有听到,因为控制中心这时又让他发送十五秒电视信号。吉米又重复两遍问题,信号这才接通。

"真高兴你能听清我们的话。不过你那头正在发生一件非常古怪的事情。你听。"

通过无线电,他听到了熟悉的呼啸声,那是他自己的无线电信标,现在转播给他听。起初一阵子声音十分正常,后来声音里出现一种诡异的扭曲。每秒一千个周期的呼啸声被一个低沉的、让人悸动的脉冲所调制,这个脉冲接近人类听力的下限;那是一种极其低沉的震颤,每一个周期都能听到。而这个调制本身也受到调制,它以五秒钟左右为一个周期,不断地高高低低起起落落。

吉米并不觉得是自己的无线电发射器出了故障。干扰来自外部,虽然这干扰究竟是什么,又意味着什么,他还是无从想象。

中轴区指挥台同样毫无头绪,不过至少指挥台有一个设想。

"我们认为你一定处在某种非常强烈的场里——有可能是磁场,这个场的变化频率大概有十赫兹。这个场可能太强了,有危险。建议你马上离开——它的范围可能仅限于你所在的位置。再打开信标,我们把你的信号转播给你。这样你就知道什么时候不再受干扰了。"

吉米赶紧丢开黏球,放弃着陆的尝试。他一边转了一个大圈掉转"蜻蜓"号的方向,一边听着耳机里时涨时落的声音。才飞了几米,他就发现干扰强度在急剧减弱,一如中轴区指挥台的猜测,干扰范围十分有限。

到了快听不到干扰声的地方,他原地停了一会儿,那声音十分微弱,仿佛是他大脑深处发出的咚咚声响。这就像是一个未开化的原始人听见大功率变压器的嗡鸣声,因为无知而内心充满敬畏。而即便是原始人也能猜到,他听到的声音不过是巨大能量泄漏出来的一小部分,这巨大能量虽然受到全面控制,但等到时机成熟……

不论这声音意味着什么,吉米都很高兴能离它远点儿。南极的构造气势逼人,这里绝不是孤单一人聆听罗摩之音的好地方。

第二十七章

电流风

吉米掉头往回走,罗摩的北极看起来无比遥远。就连三道巨大的扶梯都几不可见,仿佛一个笔画纤细的Y字蚀刻在包裹着整个世界的穹隆上。柱面海这条环带仿佛一道让人心生恐惧的宽阔障碍,只等他像伊卡洛斯①一样,翅膀坏掉,然后柱面海把他一口吞下。

不过他一路走来都毫无问题,而且虽然有一点儿疲惫,此刻却没有一丝担忧。食物和水他之前连碰都没碰一下,因为太过兴奋也没有休息。他打算在回去的路上放松下来,慢慢走。一想到回家的旅程比来时短二十公里,他就会喜不自胜,因为只要飞过柱面海,他在北岸大陆任何地方迫降都不是问题。这样做虽然让人不快,因为到时候他要走很长的路程——更糟糕

---

① 希腊神话中代达罗斯的儿子,与父亲使用蜡和羽毛制造的翼逃离克里特岛时,不听父亲劝告,朝太阳飞得太近导致双翼溶化,落海身亡。

的是,他还要放弃"蜻蜓"号——但是毕竟更加安全,这让他心里踏实许多。

此刻他正在爬升,重新朝中央尖刺飞去。大角锐利的针尖仍然在他上方一公里处,吉米有时感觉这根尖刺就是罗摩中轴,整个世界都在围着它旋转。

他快飞到大角的尖上了,直到这时他才察觉到一种让人疑惑的感觉——一种不祥之感,一种既是身体上也是心理上的不适感将他团团围住。他猛然想起曾经看到过的一句对眼前状况毫无帮助的话:"有人走过你的坟墓①。"

他先是把这念头丢到一旁,继续蹬车。他可不想一惊一乍地什么没影儿的事都向中轴区指挥台报告,可是这感觉越来越糟糕,于是他还是决定告诉指挥台。这感觉不可能是心理上的,不然的话,那他的精神比他所知道的还要强大。因为说真的,他感觉自己身上开始起鸡皮疙瘩了……

他警醒起来,在半空中停了下来,开始思考这究竟是什么情况。让事情变得更加古怪的是,他实实在在地感到消沉和疲惫。他以前有过这种经历,可他记不起在哪儿。

吉米环顾四周,一切还是老样子。大角的尖刺在他头顶几百米,远处是罗摩另一头的天空。在他下方五公里,是布局复杂的南岸大陆,那里满是人类从来不曾见过的种种奇观。在这片迥异于地球、如今却十分熟悉的景象里,吉米找不到任何让自己不自

---

① 起源于十八世纪英国民间的迷信,认为人突然间的打冷战是因为有人走过了你将来的坟墓的地方。——编者注

在的地方。

他的手背不知被什么东西弄得发痒,他还以为是只昆虫落在上面,于是看也没看就把它拂开。手举到一半,他才反应过来,于是看了一眼,感觉自己真有点儿蠢。没人在罗摩上见到过昆虫……

他举起手来仔细端详,心里有点儿疑惑,因为手背还在发痒。直到这时,他才发现手背上的汗毛全都倒竖起来。整条前臂的汗毛也是一样——他一只手往头上摸,头发也根根倒竖起来。

这么说,问题就在这儿。他置身于一个能量巨大的电场里。之前那种压抑和疲惫的感觉,在地球上的雷暴天气里也时常会出现。

吉米猛地意识到,自己正身处困境之中,这让他近乎惊慌失措。他这辈子还从不曾真正地亲身犯险过。和所有宇航员一样,他也有过操作大型设备时筋疲力尽的体验,有时候由于判断错误或者缺乏经验,他会误以为自己身处险境当中。可是那些情况持续从来不超过几分钟,而且每每都能当场大笑起来。

这一回他却不可能那么快就脱离险境。他感觉自己孤单一身,一丝不挂般悬在突然生出敌意的天空,周遭密布着随时都会爆发的巨大能量。本就十分脆弱的"蜻蜓"号更是比一层轻纱还要纤弱。逐渐聚拢的风暴只要一记雷击就能把它轰成碎片。

"中轴区指挥台,"他焦急地说,"我周围正在不断积累静电。我想这里随时都会出现雷暴。"

他话还没说完,身后就闪过一道电光。等他数到十,第一声雷响轰然而至。距离三公里——也就是小角附近。他向小角望去，那六根尖针全都仿佛燃起大火。尖端舞动着长达数百米的刷形放电电弧，仿佛六根巨大的避雷针。

身后这番景象也可以在大角尖长的顶端附近出现，而且范围更大。吉米最好的行动选择就是离这个危险机关越远越好，并且进入没有静电的空气里。他又蹬起车来，在"蜻蜓"号承受范围内尽快提速。与此同时，他开始降低高度，就算这意味着他将进入大重力区域，他此刻也做好准备冒这个风险了。离地八公里实在太高了，足以让他脑袋里炸开锅。

大角那不祥的黑色尖刺上仍然没有可见的放电现象，不过他毫不怀疑那里正在积累巨量的势能。时不时地，雷声仍旧在他身后隆隆作响，在环形的世界里回荡。吉米突然想到，天空如此澄清，却出现如此强烈的雷暴，真是太奇怪了。跟着他明白了，这根本不是天气现象。实际上，这不过是从罗摩南极某个隐蔽的源头泄漏的一点能量。可是为什么是现在？更重要的是——接下来会怎样？

他现在已经完全飞离大角，希望自己很快就能脱离一切雷电的放电范围。可是此刻他又有了新的麻烦，气流正变得紊乱，让他难以控制"蜻蜓"号。风像是没来由地向上吹来，倘若情况继续恶化，自行车的脆弱支架就有危险了。他不顾一切地蹬车，时刻改变蹬车的力道和身体的动作，借以缓和狂风的连番冲击。因为"蜻蜓"号算得上是他身体的延伸，所以他的努力取得了部分成功，可是他既不喜欢主翼梁细微的吱嘎声响，也不喜欢每当强风吹过时机翼扭动的样子。

而且让他惴惴不安的还有别的东西——一个急促的声响，虽然轻微却在不断增强，像是从大角那边传来的。这声音就像是气体由于压力作用而喷出安全阀，吉米心想，不知道这跟他不断与之搏斗的湍流有没有关系。不管那声音从何而起，总之是让吉米心中更加忐忑。

他隔一会儿就向中轴区指挥台汇报这些现象，每次汇报都非常简短，上气不接下气。指挥台的人们谁也给不了他一点儿建议，就连接下来会发生什么都说不清，可是朋友们的声音给了他不少信心，哪怕他此刻正开始担心再也见不到他们了。

湍流在不断增强，感觉就像是进入了高速气流①——他曾经为了搜集数据，在地球上进入过一次，当时飞的是一架高空滑翔机。可是在罗摩内部，又有什么东西居然能产生高速气流呢？

这个问题他问对了，一旦理清思路，他便知道答案了。

之前听到的声音是电流风。大角附近一定进行着规模庞大的电离作用，而电流风则携带着由此产生的巨量离子。充满电荷的空气沿着罗摩自转轴向外喷涌，同时更多的空气流入后方的低气压去。吉米回头看向那巨大的、而今无疑十分危险的尖刺，想要目测从针尖吹起的大风的范围。也许最好的措施是竖起耳朵，一

---

① 高速气流（Jet Stream），是行星尺度的大气环流。在地球上，指数条围绕地球的强而窄的高速气流带，集中在对流层顶，在中高纬西风带内或在低纬度地区都可出现。水平长度达上万公里，宽数百公里，厚数公里。中心风速有时可达每小时200至300公里的偏西风。

边飞一边仔细听，飞得离这不祥的咝咝声越远越好。

　　罗摩免去了他作选择的必要。一道火光从他身后激射而出，填满整个天空。吉米刚来得及看见那火光分为六道火带，从大角的顶尖分别延伸到六个小角，紧接着，震荡波向他袭来。

第二十八章

伊卡洛斯

"蜻蜓"号优雅地在他周遭卷曲弯折时,吉米·派克差点儿没时间用无线电汇报:"翅膀弯了——我要坠机了——要坠机了!"左翼从中间彻底折断,蒙皮像落叶一样脱离机翼,缓缓飘走。右翼扭曲的形状更加复杂。机翼根部折叠,拧向后方,翼尖都跟尾翼纠缠在一起。吉米感觉像是坐在一只破损的风筝上,慢慢地从天坠落。

不过他也并非全然无助,螺旋桨尚可一用,只要有力气,就还有办法控制。他还有大概五分钟时间。

还有希望抵达柱面海吗?没有——距离太远了。然后他想起来自己还在以地球上那一套标准来思考问题,就算他是个游泳好手,那也要过几个小时才有可能得到营救,而在这段时间里,有毒的海水无疑早就把他杀死了。他仅有的机会就是落到地面上;南岸几乎垂直的高崖以后再想也不迟——如果还有以后的话。

这里的重力是地球的十分之一，他坠落得十分缓慢，不过随着他渐渐远离自转轴，坠落速度将开始加快。然而，空气阻力将使情况变得更加复杂，并将防止他坠落速度变得过快。即便失去动力，"蜻蜓"号还是可以凑合着充当降落伞。此外，他还能提供几公斤的蹬车力量，而这点儿力量将决定他的生死，这是他唯一的希望了。

中轴区里早就停止了交谈——他的朋友们可以清楚地看到他这边的状况，也知道他们说什么也是无济于事。吉米此刻正在进行他有生以来最有技术难度的飞行；他带着残忍的幽默心想，真可惜，观众人数才这么点儿，他们也没法更细致地观赏这场表演。

他划过大大的螺旋轨迹向下坠落，只要螺旋线足够平缓，他就有很大的机会生还。拼命蹬车能够帮助"蜻蜓"号维持在空中，可是他又不敢蹬得太猛，以免破损的机翼彻底断掉。每当转而向南飞行，吉米都能欣赏到罗摩特意为他进行的精彩绝伦的表演。

电光的条带仍在大角的顶端和下方相对低矮的尖峰之间舞动，只是现在光带组成的图形整个儿地转动起来。这顶带有六个尖叉的火的王冠正逆着罗摩的自转方向旋转，每过几秒钟转完一圈。吉米感觉自己正在观看一台巨大的电动马达在运转，也许真实情况与此相去并不太远。

距离到达平原还有一半的路程，他还在平缓地盘旋下降，这时焰火表演突然结束了。他能感觉到空中的电动势消失了，吉米不用看也知道，自己胳膊上的汗毛不再根根倒竖了。最后几分钟的求生航行里,再也没有什么东西能妨碍他或是让他分神了。

他心里对迫降的大致范围有了数,于是他开始仔细研究地面状况。这一区域整个儿是一些彼此冲突的环境组成的大拼盘,就像是有个疯狂的园艺设计师获准随意将他头脑中最极端的想象付诸实践。拼盘上的小方块边长差不多都有一公里,虽然大部分方块都是平的,但吉米并不确定地面是否坚实,这些方块的颜色和纹路彼此差异极大。他决定拖到最后一分钟才做决定——如果他真有的选择的话。

还剩下几百米,他最后一次呼叫中轴区。

"情况多少还在掌控之中——半分钟后着陆——到时再呼叫你们。"

这话太乐观了,所有人心里都清楚。可是他不肯说再见,他想让同伴们知道,他一直都在努力,并且毫不畏惧。

的确,他几乎没有一丝恐惧,连他自己都吃了一惊,因为吉米从来都没想过自己竟是这么勇敢的人。这感觉就像是他在看着一个完全陌生的人在挣扎,而他本人却完全置身事外。正相反,他正在研究一个有趣的空气动力学问题,调整各种参数,来看看会发生什么情况。他仅有的情绪就是为失去的种种机遇感到一丝惋惜——其中最重要的就是下一届月球奥运会。至少有一点是肯定的,"蜻蜓"号永远不可能在月球上展示它的矫健身姿。

还剩一百米,水平速度似乎尚可接受,可是垂直速度是多少?还有一件值得庆幸的事情——着陆区域十分平坦。他要拼尽全力作最后一搏,预备——开始!

右侧机翼已经完成了它的使命，现在终于齐根脱落。"蜻蜓"号开始翻滚，吉米逆着跟斗方向甩过身子，努力校正飞行姿态。着陆刹那，他眼睛正直勾勾地盯着十六公里外天穹上的弧形地貌。

天空怎么如此坚硬，他感觉既不公平，也不合理。

第二十九章

第一次接触

吉米恢复神志时,首先感受到的就是头痛得像是要裂开了。这简直让他心里乐开了花,这至少证明他还活着。

然后他尝试着动动身子,瞬间却感到浑身上下疼痛难忍。不过就目前来看,身上似乎没什么地方摔坏了。

这之后,他鼓起勇气睁开双眼,却又赶紧闭上了,因为他发现自己正直直望向天花板上的光带。要治头痛,刚才那一瞥可不值得推荐。

他躺在那里一动不动,一边恢复体力,一边心想还要多久才能安全地睁开眼睛。这时身边突然响起"嘎吱"一声,他小心翼翼地向声音来处转过头,冒险看了一眼——差点儿又失去知觉。

不到五米远的地方,有一只形如螃蟹的巨大生物,正在吃"蜻蜓"号的残骸。吉米缓过神来,他静悄悄地慢慢滚向一边,远离这个怪物，心里时时都在担心，万一这个怪物发现眼前还有更可口的食物，自己会被它的大钳子抓住。然而，这家伙压根儿没有在意他，吉米把彼此距离拉大到十米，然后他小心翼翼地撑着自己坐起来。

距离远些，这东西看起来也没那么吓人了。它的身子又低又平，大概两米长，一米宽，长了六条腿，每条腿上有三个关节。吉米仔细一看，发现自己看错了，那东西并没有在吃"蜻蜓"号——实际上，他根本看不出哪儿有嘴。这个生物实际上是在干脆利索地做着拆解工作，它那剪刀一样的爪子把空中自行车剪成碎片。这之后，碎片被一整排小小的、像是人手的东西搬到这个动物背上越垛越高的碎片堆上。

可是这真是个动物吗？虽然这是吉米的第一反应，可现在他又有了别的想法。它的举动暗示它具有很高的智慧，这样做一定有其目的，他想象不出来，任何纯粹受本能驱使的动物会有什么理由如此小心地收集空中自行车散落一地的碎片——除非，或许它在收集材料做窝。

吉米眼睛警惕地盯着螃蟹——后者依然对他视而不见——挣扎着站起身来。他摇摇晃晃地走了两步，知道自己还能走路，不过他也不确定自己能不能走得比那六条腿还快。然后他打开无线电通信器，并且确信这东西还能运转。连他都能从事故中生还，更别说通信器里结实牢靠的元器件了。

"中轴区指挥台，"他轻声说道，"能收到吗？"

"谢天谢地！你没事吧？"

"只是被吓了一跳。看看这个。"

他把摄像机对准螃蟹,刚好录下它拆解完"蜻蜓"号的机翼。

"这他妈的是个啥——它怎么把你的飞机彻底嚼碎了?"

"我也想知道啊。它把'蜻蜓'号拆完了。我要赶紧撤了,免得它又要拿我开刀。"

吉米慢慢后撤,眼睛一时都不离开这只螃蟹。它现在正一圈一圈地沿着不断向外扩张的螺旋线爬行,看样子像是搜寻之前可能遗漏掉的碎片,于是吉米趁机第一次对它从头到尾观察了一番。

起初的惊悸已经退却,他发现这头畜生还挺帅气。之前他不假思索地称它为"螃蟹",这名字可能会让人误会;要不是这东西个头大得过分,吉米可能会称它为甲壳虫。它的外壳闪着漂亮的金属光泽——实际上,吉米几乎想要赌咒发誓,那外壳就是金属做的。

这想法挺有意思。这会不会根本不是动物,而是个机器人呢?吉米一边这样想,一边仔细盯着螃蟹,同时分析它各部分构造的细节。该长着嘴的地方有类似一组机械手的东西,这让吉米想起那种会让所有棒小伙子兴高采烈的多功能刀具——其中有撬棍、探针、锉刀,甚至还有个像锥子的东西。可是这些东西都说明不了什么。在地球上,昆虫世界当中也有相似的工具,而且种类不止于此。想了半天,他还是说不准这东西到底是动物还是机器人。

按理说,看它眼睛就知道问题答案了,可是它的眼睛更加让人摸不着头脑。它的眼睛深深地陷在保护壳里,根本看不清晶状体究竟是水晶做的还是胶体长的。它的眼睛毫无神采,却蓝得生动,简直有些吓人。它虽然有好几次直直地望向吉米,却从没有显示出丝毫的兴趣。吉米颇有些偏见地认为,这说明这生物的智力水平并不高。不管是机器人还是动物,只要是对人类视而不见的个体,都聪明不到哪儿去。

现在它停止转圈,一动不动地站了几秒钟,像是在聆听某种人耳听不到的信息。随后它迈着古怪的步伐,朝着柱面海的大致方向出发了。它笔直地向前走去,速度保持在每小时四到五公里。它走了两百来米后,吉米这才从震惊中回过神来,发现自己心爱的"蜻蜓"号连最后一点儿可怜的残片也被带走了。于是他怒气冲冲地追了上去。

吉米的反应并非毫无道理。螃蟹正朝着柱面海进发——与此同时,要想获救,那他只能去那边。此外,他还想看看这个生物要拿自己的战利品干什么用,这可能有助于了解它的动机和智力水平。

因为被撞伤了,行动不便,吉米花了好几分钟才追上这只目标明确的螃蟹。追上来以后,他就隔着一段客气的距离跟着它,直到确认螃蟹并没有因为吉米而感到生气。直到这时,吉米才发现,自己的水壶和应急定量口粮包都在"蜻蜓"号的残骸里,于是立马感到又饿又渴。

那是这半个世界里仅有的水和食物,此刻正以每小时五公里的速度冷酷无情地渐行渐远。不管要冒多大的风险,他都一定要把它弄到手。

他从螃蟹的正后方小心翼翼地靠过去，一边紧跟在后，一边研究螃蟹腿复杂的运动节奏，直到能够随时预判出它的腿会做何动作。等他做好准备，吉米嘟囔一句"抱歉"，就快步上前，一把抓住他的东西。吉米做梦都不曾想过自己有一天竟然要干点儿摸包的勾当，他很高兴自己还成功了。不到一秒钟，他就退了回来，而这只螃蟹仍然步伐稳健，毫不松懈。

他在螃蟹身后落下十几米，喝口水润润嘴唇，开始嚼一根压缩肉条。小小的胜利让他高兴不少，现在他可以更进一步，思考自己惨淡的出路了。

只要活着，就有希望。可是他完全想象不出，自己要怎样才有可能获救。就算同伴们渡海过来，可他们在下面与吉米隔着半公里距离，他要怎样才能与之会合？"不论如何，我们总会找到办法让你下来，"早前中轴区指挥台保证过，"那道断崖不可能绕着世界整整围上一圈，连个缺口都没有。"而吉米本打算回答"怎么不可能？"，可再一想，还是算了吧。

在罗摩内部行走最怪异的事情之一就是，你可以一直看见你的目的地。在这里，弧形的地面不但不会遮挡事物，反而能让人看得更真切。过了一会儿，吉米明白这只螃蟹的目的地了，在他前方看起来像是上坡的地方，有一个半公里宽的洞。南岸大陆这样的洞有三个，这是其中之一。从中轴区看过来，根本看不清这三个洞有多深。三个洞被冠以三座最著名的月球环形山的名字，吉米要去的是哥白尼环形山。叫这个名字一点儿都不合适，因为这些洞边上既没有环形山,中间也没有中央峰。这座哥白尼环形山不过是一口深邃的矿洞或者水井,井壁垂直。

等走近些,能看向里面了,吉米看见下方至少半公里处有一潭阴沉沉的暗绿色死水。这就是说,井水跟柱面海的水平面等高,吉米心想,不知道两边是不是连通着的。

一道螺旋形斜坡贴着内壁深入水井,这道斜坡整个儿嵌在陡峭的墙壁里,看起来就像是一支巨大炮管里的来复线。这道斜坡的圈数实在太多了,吉米数了好几次,越数越糊涂,这时他才回过味来,原来斜坡不止一道,而是三道,彼此间隔一百二十度。如果不是在罗摩,而是在别处,这整个构想将堪称建筑学的杰作。

这三道斜坡向下一直通进水里,消失在不透光的水面以下。吉米在靠近水面的地方看见一组黑色的、不知是涵洞还是洞窟的洞口。这些洞口看起来满是恶意,吉米心想,不知道洞里会不会有生物居住。也许罗摩人都是两栖动物……

螃蟹朝着井沿越走越近,吉米猜测它可能会顺着其中一道斜坡下去——也许会把"蜻蜓"号的残骸带到什么能够评估其价值的生物那里。然而,这个生物直接走到井边,毫不犹豫地把几乎半个身子探出去,稍有差池就会粉身碎骨——然后身子一抖,"蜻蜓"号的碎片就飘飘悠悠落到深井里了。吉米一边看着残骸远去,泪水一边在眼眶里打转。他恶狠狠地想,这畜生的智力水平就这样了。

螃蟹把垃圾甩掉之后,回过身来,朝着站在十米外的吉米走去。我也要受到同样的待遇吗？吉米心想。他用摄像机给中轴区指挥台看这头快速靠近的畜生，希望自己的手不要太抖。"你们有何建议？"他压低声音，焦急地说道，心里却并不指望能得到有用的回答。能让他获得些许安慰的是，他知道自己正在创造历史，他在脑子里飞快地回想着此类接触公认的处理办法。在这之前，所有的接触方式都还只是空想。他将是第一个进行实际检验的人。

"在不确定它真有敌意之前不要跑。"中轴区指挥台小声对他说。往哪儿跑？吉米问自己。他觉得自己可以来个百米冲刺，跟这东西拉开距离，可是他痛苦地确信，这个畜生会在漫长的跋涉当中把他累垮。

吉米慢慢地伸出双手。这是个跨宇宙、跨种族，表示"你瞧——没武器吧？"的通用姿势吗？两百年来，人们一直在围绕着这个问题争论不休，可是谁也说不出个所以然来。

反正这只螃蟹毫无反应，它也没有放缓速度。它完全不理睬吉米，直接从他身旁经过，目的明确地走向南方。而这位全体智人的代表眼看着他的第一个接触对象大摇大摆地走过罗摩平原，却对他根本视而不见，他感觉自己蠢透了。

吉米这辈子从未遭受过如此屈辱。这时他的幽默感拯救了他。毕竟，被一辆活生生的垃圾车无视了也没什么大不了。要是它把他当成失散多年的兄弟而致意，那才更糟糕呢……

他回到哥白尼山的边沿上，低头看向其中的死水。他第一次注意到水中有些模糊的形状——其中有一些还很大——正在水面下方缓慢地来回移动。不一会儿，其中一个身影就朝着离它最近的螺旋线斜坡游去，一个看起来像是长了很多条腿的水箱的东西开始沿着漫长的坡道往上爬。吉米估计，以它目前的速度，这东西要花将近一个小时才能爬上来，就算它有啥危险，那也是个动作迟缓的威胁。

这时，他瞥见一个身影，在贴着水面的洞口附近一闪而过。有个东西正沿着斜坡飞快运动，可吉米的眼睛跟不上它，也没办法把它看个真切。这东西就像是个小型的龙卷风，或者是一人来高的尘暴……

吉米眨眨眼，甩甩头，闭上眼睛休息几秒钟。等他再睁开眼，那道怪影已经不见了。

也许是他受到的刺激比他原先想的还大吧，这还是他第一次遇到幻觉。他不打算把这件事告诉中轴区指挥台。

他本来还在考虑要不要去探索那几道斜坡，想想还是算了。下去肯定是白费力气。

刚才那个飞速旋转的鬼魂不过是他的一个幻觉，跟这个决定无关。

毫无关系。因为，毫无疑问，吉米根本不信鬼神。

第三十章

花

之前这一阵忙活过后，吉米口渴了，他实际上已经意识到，这边整片大陆上都没有一点儿可供人类饮用的水。水壶里的水大概能够他活一个星期——可活着又能怎样？很快，地球上最聪明的大脑就会一齐想办法解决他的困境，诺顿船长无疑将会收到铺天盖地的建议。可是吉米怎么想也想不出，要怎样才能从半公里高的悬崖上下来。就算他有足够长的绳子，他也没地方系呀。

不管怎样，连挣扎都不尝试一下就坐以待毙太愚蠢——也太丢人了。救援只可能来自柱面海，在去海边的路上，他还可以若无其事地做一点儿工作。除他以外，再也不会有人像他这样，一边走，一边观察，并对这里变化多端的地貌拍照。而这一成果足以让他永垂不朽了。虽然他宁肯获得别的荣誉，不过这倒也聊胜于无。

他距离柱面海只有三公里，要是可怜的"蜻蜓"号还能飞，他直接就飞过去了。可是看样子他没办法画条直线走到海边。前方有些地区存在着极大的障碍。不过这也没什么，反正可选择的路径还很多。这些路径就像是画在一张弯曲的、向他左右两边展开的地图上，吉米能把它们尽收眼底。

他有的是时间，他打算先去看看最有意思的风景，哪怕因此会绕些远路。右边大概一公里处有一片形似棋盘的街区，像雕花玻璃——或是巨大的珠宝展柜——一样闪闪发亮。也许正是这个念头引得吉米想要去一探究竟。就算是注定没救的人，也总还是会对面积达几百平方米的宝石产生些兴趣吧。

结果那不过是些石英晶体，好几百万颗，铺在沙子上，不过吉米也没有太失望。相比之下，棋盘旁边的街区更有意思，那里铺着一些空心金属柱，空心柱高度从不足一米到五米有余不等，彼此挨得很近，构成看似毫无章法的图案。那里根本过不去，除非开着坦克碾过这片管道森林。

吉米走在晶体和空心柱之间，一直走到第一个十字路口。他右边的街区是一条用羊毛织成的巨大地毯——抑或是挂毯。他想要从中扯出一缕毛线来，结果根本扯不坏。

在他左边是一片由六边形地砖铺成的地面，地砖铺得十分整齐，根本看不出接缝。要不是地砖涂成了彩虹般的五颜六色，这里的地面看起来简直就是完整一片。吉米花了好几分钟想要找出两块既相邻又同色的地砖，来看看这种情况下还能不能分辨出两者的接缝，可是这种情况他一个都没找到。

他一边慢慢进行摇摄①，拍下整个十字路口的景象，一边难过地对中轴区指挥台说："你们认为这是什么？我感觉我被困在一个巨大的拼图游戏里了。不然的话，难道这里是罗摩人的艺术画廊？"

"我们跟你一样搞不清楚呢，吉米。不过还从来没有迹象表明罗摩人热爱艺术。先不忙下结论吧，多找些例证再说。"

他在下一个十字路口发现的两个例证也无助于他们得出结论。其中之一是一片空地——一片温和、毫无特征的灰色，摸起来又硬又滑。另一片是一块柔软的海绵，上面有数不清的小孔。他用脚踩了踩，整个地面在他脚下起起伏伏，让人恶心，像是踩在不稳固的流沙上。

再下一个十字路口，他看见的东西像极了耕地——只是犁沟深度完全一致，都是一米深，而且地里的构成材料表面跟锉刀很像。不过他对此并未多加留意，因为它旁边的街区比他所见的其他区域还要让人费解。到最后，他终于找出点儿门道来，而这门道却让人十分不安。

整个区块都围着篱笆，样子很普通，要是在地球上，他根本不会去多看一眼。篱笆桩——像是金属的——间距五米，中间拉着六根绷紧的金属丝。

篱笆后面又是一道一模一样的篱笆——这后面，还有一道。这又是一个典型的罗摩式的"好事成三"。不管这樊篱里面困的

---

① 摇摄是指在拍摄一个镜头时，摄像机位置不动，借助三脚架或人体进行任意方向的摇动拍摄。

是什么，它都不会有机会逃出来。篱笆上没有入口——本以为会有那种能荡开的门，好把野兽赶进来困住，结果却没有。相反，区块正中间只有一个洞，就像是小号的"哥白尼山"。

即便是换一个境遇，吉米大概也不会犹豫不前，更别说现在他已然没什么可失去的了。他很快翻过三道篱笆，走到洞口，向里望去。

和"哥白尼山"不同，这口井只有五十米深。井底有三个隧道出口，每个出口看起来都大得足以容下一头大象。就这些。

吉米端详了一阵子，认为这样布置的合理原因只有一个，那就是下面的地板其实是个升降梯。可是这个升降梯是运什么的，恐怕他永远都无从得知了。吉米只能猜测那东西应该非常大，没准儿还相当危险。

接下来几个小时里，他沿着柱面海边走了十多公里，棋盘一样的区块开始在他的记忆里混成一团。他之前看见，有些区块整个被包裹在绳网制成的形似帐篷的结构里，仿佛是些巨大的鸟笼子。还有一些区块则像是池塘，里面的液体都结冰了，上面满是漩涡状的花纹，可是他小心翼翼地碰一碰，那些漩涡又非常坚硬。还有一个区块非常黑，黑得他无法把它看真切；只有碰触到之后，他才知道，那里真的有东西。

可就在这时，不知不觉间，这里变成了一种吉米能够理解的事物。这些区块一个挨着一个向南方延伸，构成了一块块的——没有别的词汇可以描述了——农田。如果是在地球上，他可能正经过一座实验农场——每个正方形区块都是一片精心打理的平整农田,这在罗摩的金属地貌中还是第一次见到。

这些大片的农田都还荒着,了无生气——都在等待从来都不曾下种过的庄稼。吉米不知道这些农田的目的何在,因为像罗摩人一样先进的生物还要从事农业生产,这事真是让人难以置信——即便是在地球上,种地也不过是一项流行的业余爱好,以及奢华菜肴的一个来源。可是吉米敢发誓,这些区块都是精心准备、只等下种的农场。他还从没见过这么干净的土壤,每个区块都覆盖着一层面积广大、质地坚韧的透明塑料。他想要把塑料切开,好获取样本,可是他的刀子只能在表面上留几道刻痕。

内陆更深处还有很多农田,不少农田上有长杆和金属线构成的复杂构架,吉米估计这些东西是用来为攀缘植物提供支撑的。这些构架光秃秃的,十分荒凉,就像深冬里叶子掉光的树。这些构架所经历的冬天一定漫长而又可怕,而这几个星期的光明和温暖一定只是冬天再次降临前的一段小插曲。

吉米也不知道是什么让他停下来,更加细致地观察南边的这片金属迷宫。他的意识里一定已经下意识地把周遭一切细节都查看过了,同时还注意到,在这个怪异陌生的地方还有更加古怪离奇的事情。

大约二百五十米外,在一个金属线和长杆构成的格子架中间,有一个孤零零的彩色斑点在闪闪发亮。这个亮点非常小,而且很不醒目,人眼差点儿就看不见它——如果是在地球上,根本没人会对它多加注意。不过此刻吉米注意到它,其中一个理由无疑是因为这亮点让他想起了地球……

在向中轴区指挥台报告前,他先去确认自己没有搞错,而他的满心期望也没有落空。他一直走到距离那东西几米处才完全确认,罗摩了无生气的世界里已经闯入了他所认识的生命。因为在孤寂而又华丽的南岸大陆边缘绽放的,是一朵花。

吉米再走近些,又发现有什么地方明显不对。地面上本来有一层覆盖物,估计被用来保护土层免受不速之客的污染,可这覆盖物上有个洞。一根绿茎从这个破口里伸出来,有人的小手指头粗,沿着格子架向上蜿蜒攀爬。在离地一米高的位置长出一簇蓝色的叶子,看形状与其说是叶子,倒更像是羽毛。齐眉高的茎干的顶端,吉米起初以为是一朵孤零零的花。现在吉米毫不吃惊地看见,那实际上是三朵紧挨着的花。

花瓣是些色彩明艳、长约五厘米的管子,每一朵花长有至少五十片花瓣,闪着或蓝或紫或绿的金属光泽,看起来更像是蝴蝶的翅膀,而不像是植物。吉米其实对植物学知之甚少,不过他还是因为没有看到任何类似植物花瓣或是雄蕊的结构而大惑不解。他不知道这东西与地球上的花朵的相似之处会不会纯属巧合,也许它跟珊瑚虫关系更近一些吧。不管它是花还是珊瑚,似乎都暗示着罗摩里存在着某种小的、空气传播的生物,这种生物要么是被用作肥料,要么是当作食物。

这其实并不重要。不论它在科学上应该如何界定,对吉米来说,这就是花。它的存在是一个古怪的奇迹,一个完全不像罗摩人风格的意外,这让吉米又想起来,有太多东西,他再也无缘得见了。他决定把花带走。

这可不是件容易的事。花跟吉米之间有十多米距离,中间隔着由细杆构成的格子架。细杆构成一个个立方体,宽度不足四十厘米。幸亏吉米还是空中自行车运动员,身子又瘦又结实,他知道自己能从空当里钻过去。可是从里面出来又要另当别论,他肯定没办法转回身来,所以他只能倒退着钻出来。

吉米向中轴区指挥台描述了花的样子,并且从所有可能的角度对花拍照。他的发现让指挥台十分振奋。他说"我要去把它摘下来"时,大家都没有反对。吉米也想过会有反对声,现在他的命完全是他自己的了,随他爱做什么都行。

他把衣服全都脱掉,抓着光滑的金属细杆,开始扭动着身子往格子空当里挤。格子很窄,吉米感觉自己像是个囚犯,正钻过牢笼铁栅逃出去。他整个人都钻进去,又试着往后退一退,只为试试看这样做有没有什么困难。结果要困难得多,因为他两条胳膊已经伸出去了,往后退时,胳膊不是往前拉,而是要向后推,不过他觉得自己肯定不会被无助地困在这里。

吉米是个行动派,冲劲十足,做事从不瞻前顾后。他别别扭扭地沿着细杆围成的狭窄通道向前爬,完全不去想自己为什么要上演这样一出堂吉诃德式的壮举。他这辈子从来都没有对花卉产生过兴趣,可是现在,他情愿拼上自己最后一丝力气,来收集一朵。

的确,这是一个独一无二的标本,而且具有极大的科学价值。可是吉米想要它,其实是因为,这朵花是他自己与生命世界和他的出生地之间最后一点儿联系。

可是等他把花攥到手里，吉米突然感到一阵不安。也许这是整个罗摩仅有的一朵花，他有权力去采撷它吗？

如果需要借口的话，他可以这样安慰自己：这朵花其实并不在罗摩人自己的规划当中。它显然是个意外，生长得太晚——不然就太早。可是他其实并不需要借口，他也只是犹豫了片刻。他伸出手，抓住茎干，猛地一折。

这朵花一下子就被扯下来。他还收集了两片叶子，然后开始慢慢向后撤退。他只有一只手空着，回程变得异常艰难甚至痛苦，没多久，他就得停下来歇口气。就在这时，吉米注意到，那植物上形如羽毛的叶子正慢慢合拢，失去顶端的茎干也慢慢从架子上退下来。吉米注视着，心里既入迷又难过，他看见整株植物都一点点退缩进土里，像是一条受了致命伤的蛇爬回洞里。

我谋杀了一样美丽的东西，吉米告诉自己。可话说回来，如今的他已然是被罗摩杀死了。他采摘的不过是他应得的而已。

第三十一章

最终速度

诺顿船长还从没有失去过一个手下,他也不打算在这里开这个头。早在吉米出发前往南极之前,他就已经在考虑,一旦出现意外,应该如何营救。然而,这个问题实在棘手,他至今都没有找到答案。他取得的全部成果,就是推翻了每一项显而易见的营救手段。

就算这里重力很低,又怎么可能爬上半公里高的垂直悬崖呢?要是有合适的装备——以及相应的训练——爬上去就会很容易。可是"奋进"号上没有攀岩用的射锥枪,也就没办法把几百颗钢锥钉进坚硬的、镜子般的崖壁。

他还大略看过一些更加匪夷所思的处置方案,其中有一些干脆就是发疯。也许给笨笨装备上吸盘,可以爬上去。可是就算这个办法行得通,制造、测试装备要用多久——何况还要教笨笨如何使用?可如果派人的话,他又怀疑完成这样的壮举人的体力够不够用。

此外，还有那些先进得多的技术。太空舱外活动使用的推进装置看起来就可堪一用，可是推力太小，因为它们的设计使用环境是零重力条件。这些装置根本推不起一个人的重量，连罗摩这样的低重力都无法抗衡。

能不能通过自动控制，让推进器只带一根救援绳飞上去？他已经和迈伦中士尝试过这个点子，后者却兜头浇下一盆凉水。工程师指出，这样做在可靠性上存在很大问题。这些问题虽然可以解决，但需要花费很长时间——比能耽误得起的时间还要长。

那用热气球呢？热气球似乎也有一丝可行性，前提是他们能造出一个气囊，还要有个体积小功率大的热源。只有这一条建议还没有被诺顿否决掉，如今这个问题不再只是假设，而是变成关乎生死的大事，成了整个人类世界的头条新闻。

就在吉米沿着柱面海边信步游走的同时，太阳系里一半的怪人都在尝试营救他。舰队指挥部把所有建议都考虑过了，然后其中的千分之一被转发给"奋进"号。卡莱尔·佩雷拉的建议被送来两回——一次是通过勘探局自己的网络，一次通过星通公司的罗摩专线。这条建议大约耗费了这位科学家五分钟的思考时间，再加上计算机上的一毫秒。

起先，诺顿船长以为这是个品位拙劣的笑话。然后他看见发送者的名字和附带的计算过程，于是赶紧反应过来。

他给卡尔·梅瑟看过这条消息。

"你怎么想？"他问道，尽量让声音里不掺杂自己的态度。

卡尔很快看过之后,说:"见他妈的鬼!他说得没错,一点儿不假。"

"你确定?"

"风暴的事儿他就说对了,不是吗?咱们早该想到这点了,我感觉自己蠢透了。"

"蠢的不光你一个。接下来的问题是——咱们怎么告诉吉米?"

"我觉着咱们……没到最后一刻就先别告诉他。换成我是在他那个处境,我宁可到最后才知道。就告诉他,咱们出发了。"

吉米虽然可以看到柱面海对岸的情况,也知道"决心"号过来的大致方向,可他还是一直在这艘小筏子经过纽约之后才看到它。这么小的船居然能装下六个人,真是不可思议——何况还要装上他们带来营救他的装备。

还剩下一公里距离时,吉米认出了诺顿船长,于是挥起手来。不一会儿,头儿也发现了他,于是也向他挥挥手。

"状态不错啊,吉米,"船长通过无线电说道,"我说过,我们绝不会丢下你。这下你信我了吧?"

不太信。吉米心想。直到现在,他还是怀疑他们这样是不是出于好心,想要鼓舞他的士气。可是船长横渡柱面海,绝不会只是为了说声再见,他肯定已经想出了啥主意。

"头儿,等我上了筏子,我就信你。"吉米说,"现在你快告诉我该怎么下去。"

"决心"号现在距离高崖一百米，它放慢速度。就吉米所见，筏子上也没有带什么特别的装备——尽管他也不确定自己本指望看见什么。

"抱歉啦，吉米——可是我们不想让你担心太多事情。"

这话听起来可不妙啊，他到底什么意思？

"决心"号停了下来，距离断崖五十米，吉米比筏子高五百米。吉米居高临下地俯瞰着船长通过话筒对他讲话。

"是这样，吉米。你会没事儿的，不过这需要勇气。我们都知道你有的是胆量。你跳下来。"

"五百米呢！"

"是，不过只有半个标准重力。"

"那……你在地球上，有没有从二百五十米高的地方跳下来过？"

"闭嘴，不然我就取消你的假期。你早该自己算出来了……问题的关键只在于最终速度。在这样的大气条件下，不管你从两百米还是两千米跳下来，坠落速度都不会超过九十公里每小时。九十公里虽然还是快得让人不舒服，可咱们有办法再减一点儿。我说说你该怎么办，听仔细了……"

"我听着呢，"吉米说，"最好是个好主意。"

吉米再没有打断船长的话，诺顿说完了，他也没有发表评价。的确，这个方案很合理，而且简单得近乎荒唐，以至于非得由一个天才才能想出来。而且，也许还得是个绝不打算亲自尝试的人……

吉米从未尝试过高台跳水，也没有做过延时开伞的跳伞运动，要是有过这类经验，他还能对接下来的壮举有点儿心理准备。你可以告诉一个人，踩着厚板子横穿深渊十分安全——可是就算对结构强度的计算毫无差错，那人还是很可能没法走过去。现在吉米明白船长之前为什么一直不愿意透露营救计划的细节。这样一来，他就没有时间去酝酿和思考反对意见了。

"我不想催你，"诺顿让人信服的声音从半公里下方传来，"不过最好快点儿。"

吉米看了看他宝贵的纪念品，罗摩唯一的花朵。他小心翼翼地把花包在脏乎乎的手帕里，把它系牢，从悬崖边上丢了下去。

手帕飘飘悠悠落下去，速度慢得让人心安，花了好长时间才越变越小，越变越小，最后终于看不见了。可就在这时，"决心"号冲上前去，吉米知道，下面的人发现它了。

"真漂亮！"船长欣喜若狂地喊道，"我敢保证他们会用你的名字来为它命名。好了——我们还等着呢……"

吉米脱下外套——在这样的热带气候里，所有人身上都只穿了这么一件衣服——满腹心事地把它展开。他这一路上有好几次差点儿把它扔了，现在这衬衣没准儿能救他的命。

吉米最后一次回头看向这片他曾独自探索过的空旷世界，看向远方大小角那恐怖的尖刺。然后，他右手攥紧了衬衣，助跑几步，用尽全力，从悬崖上向远处纵身一跃。

这下就没什么好着急的了。他有整整二十秒钟好好体验这个过程。不过他并没有浪费任何时间，因为他周遭的风在逐渐变强,而"决心"号也在他视野里逐渐变大。吉米两只手抓着衬衣,胳膊伸过头顶,好让飞速流过的空气灌满外套,把它充成空心筒子。

这件外套并不能胜任降落伞的工作。减掉的那几公里时速虽然有点儿用处,却也无关紧要。外套更重要的任务是保持吉米的身体竖直,从而让他像箭一样直直地冲入海里。

他感觉不是自己的身子在动,而是身下的海水迎面向上扑来。一跳出来,他就感受不到一丝害怕了——实际上,他还为头儿事先一直没告诉他而感到有些生气。头儿真的认为,如果让他思前想后,他就不敢跳出来吗?

到最后一刻,他丢掉衬衣,深吸一口气,两手捏住嘴和鼻子。他照着之前教他的那样,身体绷紧成一根直挺挺的棍子,两脚紧紧地并在一起。他就像一根长矛落下来,干净利落地扎进水里……

"这就跟地球上的高台跳水一模一样,"船长之前这么说的,"只要入水姿势得当就没什么大不了的。"

"万一姿势不得当呢?"他问。

"你就回去再跳一次。"

两脚整个脚面上被什么东西猛拍一下——力道虽重,却无大碍。无数只黏糊糊的手在抓扯他的身体,耳朵里一直轰鸣,一阵压力向上涌来——尽管紧闭着双眼,可在扎入柱面海深处的瞬间,他还是感受到黑暗笼罩上来。

他拼尽力气,开始往上浮,朝着渐渐暗淡的光亮游去。他一直没敢睁开眼睛，顶多只能眨一下眼睛，一眨眼，就感觉到有毒的海水像酸液一样刺激着眼睛。他就像是挣扎了好几年，有好几回他都如在噩梦一般，感觉自己失去了方向，实际上正在向下游去。每当这时，他就会壮起胆来睁眼一瞥，而周围每每都会变得愈加明亮。

一直到他浮出水面，眼睛还是紧紧闭着。他张大嘴吸进一口宝贵的空气，一翻身仰躺在水面上，四下张望。

"决心"号正全速朝他这边驶来。没过几秒钟，大伙儿就七手八脚地抓住他，把他拽上筏子。

"你呛水了吗？"船长焦急地问道。

"应该没有。"

"不管怎样，先拿这东西漱漱口。有什么感觉？"

"说不太清楚。等一分钟我再告诉你。哦……多谢了，各位。"这一分钟刚过，吉米就清楚自己的感受了。

"我要晕船了。"他痛苦地说道。几个救援人员都不敢相信。

"可海水这么平静——这么平坦啊？"巴恩斯中士反驳道，她似乎把吉米的难受看作是对她驾驶技术的直接怀疑。

"我可不能说它平坦，"船长一边说，一边挥舞着手臂，朝着围绕天空的海水环带比画一圈，"不过别不好意思——你可能喝了点儿水。赶紧把它吐出来。"

吉米还在干呕，既没有一丝英雄气概，也没有一点儿胜利的模样。就在这时，众人身后突然闪过一道电光。众人不约而同地朝南极望去，吉米也一下子忘记了晕船。大小角又开始了它们的焰火表演。

长达一公里的火带从中央尖刺向小尖刺舞动。这些火带再一次气势磅礴地旋转起来,仿佛看不见的舞者正围着一根电光的五朔节花柱①缠绕他们的彩带。可是现在,火带越转越快,一直快到所有火带都混成一团闪闪发亮的光锥。

这景观比他们在罗摩看到的任何景象还要让人惊叹,而伴随这番景象的还有远方传来的炸雷轰响,这又进一步让人感受到无可匹敌的巨大能量。这段表演持续了五分钟,之后就像被人拉断电闸一样,突然结束了。

"我想知道罗摩委员会会对此作何评价。"诺顿喃喃道,却没有特意对谁说,"这里的各位有什么看法吗?"

众人根本没时间回答,因为就在这时,中轴区指挥台兴高采烈地呼叫道:"'决心'号!你们还好吗?你们感觉到没?"

"感觉什么?"

"我们估计是场地震——肯定发生在焰火表演结束的那一刻。"

"有损伤吗?"

"应该没有。地震并不强烈——不过可把我们吓了一跳。"

"这边完全没感觉。不过我们都在海上,肯定感觉不到。"

"也对,我犯傻了。反正,现在一切又平静了……直到下一次。"

---

① 五朔节是欧洲祭祀树神、谷物神,庆祝农业收获及春天来临的传统民间节日。五朔节花柱是为庆祝五朔节而用彩带等装饰的柱子。

"是啊,直到下一次。"诺顿重复道。罗摩的谜团越来越多,他们越是有新发现,就越是无法理解。

舵手突然大叫一声。

"头儿——看——头顶,天上!"

诺顿一抬头,眼睛飞快地扫过环形的大海。他什么也没看见,一直到目光接近天顶,他正盯着世界的另一边。

"我的天哪。"诺顿喃喃自语道。此时他意识到,这个"下一次"已然到来。

一道滔天巨浪正沿着环形的柱面海向他们直扑过来。

第三十二章

海 浪

可是就算此刻受到极大震撼，诺顿首先想到的还是他的飞船。

"'奋进'号！"他呼叫道，"报告情况！"

"一切正常，头儿，"副船长的回答让他放下心来，"我们感觉到一阵轻微的震颤，不过造不成什么损失。飞行姿态发生了一点儿小变化——舰桥说改变了零点二度。他们还认为自转速度也有轻微的变化——精确读数还要过两分钟出来。"

这么说来，马上就要开始了，诺顿心想，比我们估计的要早很多，这里距离近日点还远着呢，现在也远没有到合理的变轨时间。可是罗摩无疑正在进行某种航向调整——而且以后可能还会有意外情况发生。

与此同时，在头顶上仿佛随时都要从天而降的弯曲水域里，第一次变轨产生的影响已经清楚地显现出来了。巨浪尚在十公里外，从北到南横贯整个海面。在靠近陆地的地方，白色的泡沫形成高墙，不过在柱面海深处，海浪只是一道几不可见的蓝色线条，运动速度比靠近两岸的浪涛快许多。近岸浅水区域的阻力已经把海浪弯成一道弓，海浪的中段顶在前头，与两翼相隔越来越远。

"中士，"诺顿催促道，"这里要靠你了。我们该怎么办？"

巴恩斯中士已经把筏子彻底停了下来，正在仔细研究目前的情势。她的脸上不仅看不出一丝紧张，反倒有几分兴奋，像是一位技艺高超的运动员，正要准备完成一次挑战，这让诺顿放下心来。

"要是能测一测水深就好了，"她说，"只要在深水区，就没什么好担心的。"

"那就没事。咱们离岸还有四公里呢。"

"但愿如此吧，不过我还是要研究一下水情。"

她重新点着发动机，掉转"决心"号船头，让船迎面驶向渐渐靠近的波浪。诺顿估计过了五分钟，来势汹汹的海浪中部就会迎上他们，不过他也明白，迎上来也没什么危险。那不过是一道飞速扩散的涟漪，才不到一米高，顶多能让船晃几晃。真正危险的是拖在身后泡沫翻腾的浪花高墙。

突然，柱面海的中央出现了一波浪花。波浪准是撞上了一道淹在水下的堤坝。那堤坝有几公里长，位置也很浅。与此同时，两翼的白浪也偃旗息鼓了，像是进入了深水区。

挡浪板，诺顿心想。就跟"奋进"号自身燃料箱里的结构一样——只是尺寸放大了上千倍。柱面海里的挡浪板一定有极复杂的纹路,可以很快耗尽海浪的力量。眼下最重要的问题只有一个:我们是不是刚好在一道挡浪板上方?

巴恩斯中士在他前头想到了这个问题。她停下"决心"号,扔出一只锚。锚只沉下去五米就触底了。

"起锚!"她向同伴们喊道,"咱们必须马上离开这里!"

诺顿完全同意,可是去哪个方向?中士全速冲向海浪,距离现在只有五公里了。诺顿第一次听到海浪涌来的声音——远处传来了不可能被听错的咆哮声,他之前从未想过会在罗摩内部听到。随后声音的强度发生了变化,海浪中部再次塌下去——两翼却又高耸起来。

诺顿试着估计两道水下篱墙之间的距离,并且假设这些暗堤彼此间距相同。如果真是这样,前面应该还有一道挡浪板;如果可以把船停在两道暗堤之间的深水区,那他们就会平安无事了。

巴恩斯停下船,再一次把锚扔出去。锚一直下去三十米也没有触底。

"没事了,"她松了口气,说道,"不过我还是要开着马达。"

现在只剩下两岸沿路的浪花高墙。在柱面海中部这里,水面又恢复平静了,只有几道几不可见的蓝色涟漪向他们涌来。中士让船头正对准波涛翻滚的方向,随时准备全速冲出去。

接着,就在前方两公里处,海水又翻腾起来。它掀起滔天的白浪,咆哮声像是要填满整个世界。柱面海高达十六公里的波涛之上，还有一道小得多的涟漪，像是从山坡之上奔雷直下的雪崩。而那道涟漪却大得足以让他们葬身海底。

巴恩斯中士一定早就注意到了同伴们脸上的表情。她用盖过浪涛声的声音喊道："有什么好怕的？我驾驭过的浪头比这还高呢。"这话并不全对，她也没接着说，以前驾驶的是结实的冲浪艇，而不是七拼八凑的小筏子，"不过如果非得弃船不可，等我让你们跳才能跳。检查救生衣。"

她可真了不起，船长心想——她显然正在享受每一分钟，就像即将投入战斗的维京武士。而且她说的应该没错——除非我们的计算存在严重错误。

浪头向上拱起，越涨越高，并且弯了过来。

众人头顶的海浪高坡其实并没有那么高，但是看起来气势逼人，像是大自然无可匹敌的强力，要将路上遇到的东西全数吞没。

跟着，转眼之间，浪头塌下去了，仿佛海浪的底部被抽走了。它已经越过了水下的屏障，再次进入深水区了。

一分钟后，海浪撞了上来，"决心"号只是上下摇晃几次。随后，巴恩斯中士掉转船头，全速驶向北岸。

"多谢了，露比——刚才可真带劲儿。不过，在它沿着柱面海转回来之前，咱们能到站吗？"

"恐怕不能，海浪会在二十分钟后转回来。不过到那时，它的全部力量都已经消耗掉了，看都看不见了。"

海浪已经过去了，众人可以放松下来，享受旅程了——尽管上岸之前，谁也不会完全放松下来。海浪过处，水中随处都有漩涡，并且搅出十分古怪的酸味——恰如吉米说的，"像是被捣成浆的蚂蚁"。这味道虽然难闻，却不像有人以为的那样引起晕船。这种味道如此怪异，以至于人类在心理上对它无法作出反应。

一分钟后，浪头又撞上下一处水下樊篱，于是又涨起来，蹿到了天上。这一次，大家是从后面观看的，这景象就没那么惊心动魄了。几位航海家为自己之前的恐惧感到羞愧。他们开始感觉自己就是柱面海的主人。

也正因此，接下来的场面带给他们的震惊就更大了。不远处，距离他们不到一百米，有个形如轮子的东西慢慢转悠着从水里竖了起来。那轮子的辐条闪着金属的光泽，长有五米，滴着水露出水面，在罗摩夺目的光线下旋转了一会儿，又扑通一下跌回水里。它就像是个长着管状足肢的巨大海星从水面下方冒出来。

乍一看也说不清它究竟是个动物还是台机器。跟着，海星猛地翻个跟头，半泡在水里，在浪头过后的轻柔水波中起起伏伏。

这下，大家看清楚了，那海星有九条足肢，都连在一起，从中央的盘状结构向外辐射。其中两条足肢有伤，从外侧关节处折断了。其余几条的末端都有一团复杂的足器，这让吉米一下子想起之前遇见的那只螃蟹。这两个生物都来自同样的进化路径——或者说出自同一张设计图纸。

盘状结构的中央有个小凸起，上面顶着三只大眼睛，其中两只闭着，剩下一只虽然睁着，却眼神空洞，不像是在看东西。所有人都毫不怀疑，眼前所见不过是某种怪物的残骸，被刚过去的水下乱流抛到了水面上。

跟着，他们看见那东西并不孤单。有两头小型猛兽，看着像生长过度的龙虾，正一边绕着海星转圈，一边撕咬它随波轻摇的足肢。这两头猛兽正十分有效率地把海星撕成碎片，而后者没有一丝抵抗，尽管它的爪子似乎足以应付这两个进攻者。

这场景又让吉米想起了那只拆解"蜻蜓"号的螃蟹。他仔细观察着这场一边倒的战斗进展，很快就确认了自己的印象。

"头儿，你看，"他小声说道，"你注意到没——它们并没有吃这只海星。它们连嘴都没有。它们只是把海星撕成碎片。'蜻蜓'号也是这种情况，一模一样。"

"你说得没错。那两只龙虾正在拆解它——就像——就像拆一台坏掉的机器。"诺顿皱皱鼻子，"不过报销了的机器可没有这个味儿！"

这时，他又想起一件事情。

"天哪——万一它们对咱们动手！露比！快把咱们弄上岸，越快越好！"

"决心"号拼命向前驶去，全然不顾电池的使用寿命。在他们身后，大海星——他们想不出比这更好的名字了——的九条足肢被越切越短，现在这幅古怪的场景又沉入柱面海的深处。

虽然他们身后并没有追兵，可是大家一直等到"决心"号靠着上岸的台阶停下，所有人都谢天谢地上了岸，才终于松了口气。船长回头看向那片神秘莫测、如今又突然显示出恶意的环水带，冷冰冰地打定主意，谁也不许再去海上航行了。那里有太多的未知情况，也有太多的危险……

他回想起纽约上的高塔和围墙，还有对面大陆上的阴沉高崖。那里再也不会有好奇的人类打扰了。

他可不想再招惹罗摩的诸神了。

第三十三章

蜘 蛛

诺顿下了道命令，从今往后，阿尔法营地里必须要有至少三个人留守，并且至少要保证一人醒着。不仅如此，所有探险小队也都要遵循同样的规定。罗摩内部正活动着具有潜在威胁的生物，尽管这些生物还不曾表现出明显的敌意，但身为船长应当谨慎从事，不能有侥幸心理。

为更加保险起见，中轴区上必须始终有一名观察员，透过功能强大的望远镜时刻保持监视。中轴区位置优越，从那里可以观察整个罗摩内部的情形，就连南极都仿佛只隔着几百米距离。每支探险队周遭地形都必须在例行观察范围之内。大家希望通过这一手段消除一切意外的可能性。这个计划很不错——却彻底失败了。

这天最后一餐过后，快到二十二点睡觉时间时，诺顿、罗德里格、卡尔弗特和劳拉·厄恩斯特正在看常规的晚间新闻节目。

这个节目是从水星上的"炼狱"中继站专门向他们发送过来的。他们尤其喜欢看吉米拍摄的南极大陆以及众人横渡柱面海返回基地的片子——这些内容让所有观众都兴奋不已。不论是科学家、新闻评论员,还是罗摩委员会的成员们都发表了各自的看法,绝大多数观点都彼此矛盾。谁也说不清吉米遇见的那个螃蟹一样的生物究竟是动物、机器、罗摩人——还是某种无法归类的东西。

他们刚刚强忍着反胃的感受,看完巨大的海星被猎食者撕个粉碎,就发现这里不光有他们四个人。营地里来了一位不速之客。

最先发现它的是劳拉·厄恩斯特。她一瞬间被吓得动弹不得,然后说:"别动,比尔。现在慢慢地看你右边。"

诺顿转过头去。十米外有个细腿三脚架,上面顶着一个跟足球一样大的球体躯干。躯干周围有三只无神的大眼睛,看起来能够获得三百六十度视野。在这东西身下拖着三条鞭子一样的卷须。这个生物还没有一个人高,看样子十分脆弱,没什么危险,可是因为他们的一时大意,这东西居然溜进营地里,这实在是不可原谅。诺顿看它的模样,想起了三条腿的蜘蛛或是大蚊[①]。诺顿心想,这东西只有三条腿,可怎么运动啊——地球上的生物从来都没有挑战过这一难题。

"你觉得这是个什么,医生?"他关掉电视新闻的声音,小声问道。

[①] 大蚊,双翅目大蚊科昆虫。体细长似蚊,足长,常见于水边或植物丛中,不叮咬人或牲畜。

"罗摩常见的一分为三的对称结构。我看不出来它能怎样伤害我们,不过这些鞭子可能很讨人厌——可能有毒,就像腔肠动物一样。待着别动,看它要干什么。"

这个生物一动不动地对着他们端详了几分钟,又突然动起来——这下,四个人明白他们为什么没发现它的到来了。它太快了,而且是用自转的方式行走,这种运动方式太奇特了,人类的眼睛和头脑要把它弄清楚还真的有困难。

诺顿只能猜想——只有高速摄影机才能确定——三条腿轮换着充当转轴,来支撑它身体的旋转。他虽然不能确定,但感觉好像它每走几"步",就会改变自转的方向,与此同时,三条鞭子也会随着它的移动,像闪电一样扫过地面。它的最快速度——同样难以估计——至少能达到每小时三十公里。

它飞快地转遍了整个营地,把每一样设备都察看了一遍,小心翼翼地触摸过简易桌椅卧具、通信器材、食物盛具、电动厕所、摄像机、水箱、各种工具……仿佛所有物件都看了个遍,唯独不理这四个守卫。很显然,它的智力水平足以在人类与其没有生命的财产之间划出界限;它的举动清晰地表明,它既有好奇心,行动又有条理。

"真想研究研究它呀!"劳拉沮丧地喊道,而此时这个生物仍然像跳芭蕾舞一样单腿旋转,"咱们要不要去抓住它?"

"怎么抓?"卡尔弗特的反问很有道理。

"你知道——就像古代猎人一样,用一根绳子,两头系上重物,甩出去,让绳子旋转着把行动迅速的动物绊倒。这一招甚至不会伤到猎物。"

"我很怀疑,"诺顿说,"不过就算这招管用,咱们也不能冒这个险。咱们并不知道这个生物有多聪明——何况这一招很轻易就会弄断它的腿。到那时,咱们就真的惹上麻烦了——这麻烦来自罗摩,也来自地球和所有人。"

"可我必须得有个标本!"

"有吉米的花,你就该知足了——除非有哪个动物愿意配合你。不能硬来。要是有什么东西落到地球上,并且认定你是个可以用来解剖的好标本,你会怎么想?"

"我不想解剖它,"劳拉的话里一点儿说服力也没有,"我就想研究研究。"

"嗯,天外来客对你可能也是同样的态度,不过你得经历一段相当难熬的时光才会相信它。不可轻举妄动,以免对方视之为威胁。"

诺顿所引用的自然是"船员守则",劳拉也知道。相对于星际外交准则来说,科学的优先级要低一些。

实际上,这类考量根本没必要如此拔高,这不过是个礼貌问题。他们在这里都是客人,甚至可说是不速之客……

这个生物好像已经完成调查了。它又绕着营地飞快地转了一圈,然后径直冲了出去——直奔扶梯。

"不知道它会怎样爬这些台阶?"劳拉兴致勃勃地说。她的问题很快有了答案,那蜘蛛根本没去管台阶,而是直接冲上弧形缓坡,速度一点儿都没有减。

"中轴区指挥台，"诺顿说，"你们可能马上就会有客人了——看看阿尔法扶梯的第六层。还有，多谢你们一直努力关照我们。"

对方花了一分钟才品出诺顿的话里有话，中轴区的观察员这才吭哧吭哧地道歉。

"呃——头儿，你跟我说了位置，我这才看见有个东西。可那是个啥？"

"你猜的跟我一样，"诺顿回答，同时按下"全体警报"的按钮，"阿尔法营地呼叫全体人员。刚才有个生物造访过营地。那生物长得像个三条腿的蜘蛛，腿很细，高有两米，身子很小，呈球形，动作迅捷，以旋转的方式前进。看起来虽然无害，却十分好奇。这东西有可能在你注意到它之前就溜到你身边了。请大家注意。"

第一个回复来自东边十五公里外的伦敦。

"一切正常，头儿。"

西边同样距离的罗马也回话了，听起来像是睡意沉沉。

"这儿也一样，头儿。啊，稍等……"

"怎么了？"

"一分钟前我把钢笔放下——现在丢了！什么——哦！"

"说有用的！"

"你不会相信的，头儿。我刚才正在做笔记——你知道我喜欢写东西，而且做笔记不会打搅到别人——我用的是最喜欢的圆珠笔，有两百年历史了——那个，现在它躺在地上，在五米开外！我捡起笔了——谢天谢地——没坏。"

"那你估计圆珠笔是怎么到那儿的？"

"呃——我可能打了一分钟的瞌睡。这一天可真累。"

诺顿叹了口气，不过忍住没有发表评论；他们人手太少了，而且要在极短时间内探索整个世界。热情并不是总能战胜疲惫，他也不知道大家是不是在冒不必要的风险。也许他不该把船员分成这样的小队，让他们探查如此广阔的区域。可他一直知道时间正在飞速流逝，而在他们周围还有太多秘密有待探究。他越来越确信，很快就会有大事发生，而他们将不得不提早撤离，甚至不能等到罗摩抵达近日点——到那时，罗摩必将调整自己的轨道。

"中轴区、罗马、伦敦——所有人，都听好了，"他说，"我要你们整个晚上每过半小时汇报一次。我们必须假设从现在起，咱们随时都会来客人。其中有些家伙可能有危险，不过咱们无论如何都要避免发生意外。你们都知道与此相关的条例。"

这话一点儿不假。这是他们训练内容的一部分——不过也许他们当中谁也不曾真的相信，这种一向都是纸上谈兵的"与外星生命直接接触"的情况会在他们有生之年出现——更别说还被他们赶上了。

训练是一回事，现实情况是另一回事。何况谁也说不准，万一事态紧急，人类谋求自保的古老本能会不会又占了上风。不过，对在罗摩内遇到的每一个生物个体都保持警惕还是有必要的，这种警惕应当一直保持到他们离开罗摩——甚至延续到离开以后。

诺顿船长可不希望自己作为发动星际战争第一人而载入史册。

几个小时过后,平原上出现了几百只蜘蛛。透过望远镜,可以看见南岸大陆上同样遍地蜘蛛——不过看样子,纽约岛上却没有。

这些蜘蛛不再理睬探险队员们,又过了一阵子,探险队员也不再去理它们——尽管诺顿还是时不时地发现医务官的眼睛里闪着凶光。他知道,要是哪只蜘蛛遭遇不幸,那她心里准会乐开花。但诺顿绝不允许她为了科学而刻意作这种安排。

实际上,蜘蛛不可能具备智力——它们的身体太小了,装不下类似大脑的东西,而且实际上也很难看出它在哪里储存运动所需的能量。然而让人奇怪的是,它们的行为都带有目的性,而且协调一致;它们虽然好像到处都是,却从不重复拜访同一个地方。诺顿常常有一种感觉:它们正在搜寻某种东西。不管那东西是什么,这些蜘蛛似乎都还一无所获。

它们全都向中轴区攀爬,并且一直无视那三道巨大的扶梯。即便是在接近零重力的条件下,攀爬近乎垂直的内壁仍属难事,目前尚不清楚蜘蛛们是如何做到的。劳拉估计蜘蛛身上带有吸盘。

然后,让劳拉喜不自胜的是,她得到了她心心念念想要得到的标本。中轴区指挥台报告说,有一只蜘蛛从垂直的罗摩内壁上掉下来,落在第一层平台上,再也没起来,不知是死了还是残废了。劳拉从平原爬了上去，用时之短，成为一项再也无人打破的纪录。

上到平台后，她发现虽然撞击速度很低，这个生物还是三条腿全断了。它的眼睛虽然还睁着，却对外界的试探毫无反应。劳拉心想，就算是一具新鲜的人类尸体都比这有活气。她带着自己的战利品一返回"奋进"号，就着手进行解剖工作。

蜘蛛非常脆弱，不用劳拉动手，自己就差不多七零八落了。她先弄断蜘蛛的腿，然后开始对付羸弱的外壳。外壳沿着三道大圆环开裂，像剥了皮的橙子一样展开。

劳拉头脑中一片空白，这些东西她一样也不认得。过了好一阵子，她小心翼翼地拍了一组照片。然后她拿起手术刀。

该从哪儿下刀呢？她真想闭上眼睛，随便朝哪儿戳下去，可这样做不太科学。

刀刃切进去，没有受到任何阻碍。一秒过后，医务官厄恩斯特极不淑女的尖叫在整个"奋进"号里回荡。

气急败坏的麦克安德鲁斯中士花了整整二十分钟，才让受到惊吓的笨笨平静下来。

第三十四章

大使阁下深表歉意

"先生们,大家都知道,"火星大使说,"自上次会议以来发生了很多事情。我们有很多事情需要讨论——并作出决定。因此,对于咱们优秀的水星同事的缺席,我感到尤其遗憾。"

这最后一句话并不完全准确。那位水星大使缺席,布斯博士其实并不感到特别遗憾。更准确的说法应当是,他感到担心。他的外交直觉告诉他要出事了。虽然他的消息十分灵通,但他还是对将要发生的事情一无所知。

水星大使的致歉信十分客气,而且一句多余的话也没有。因为有紧急公务且无法脱身,所以今天的会议既不能亲身前往,也无法远程参加,为此,大使阁下深表歉意。布斯博士想不出来,还有什么事情会比罗摩还要紧急——或者说,还要重要。

"有两位成员想要发表意见。我想先请戴维森教授发言。"

委员会其他科学家兴奋地窃窃私语起来。由于这位天文学家广为人知的宇宙学观点，委员会里大部分科学家之前都认为他并不是太咨委主席的合适人选。他时常给人留下这样的印象：在银河星辰构成的壮阔宇宙中，智慧生命的活动不过是一个不幸的意外，对这类事情投以过多关注实在是不识大体。正因如此，他一向不受佩雷拉博士这样的外星生物学家的喜爱，后者所持观点与他正好相反。对外星生物学家们来说，宇宙的唯一目的就是产生智慧，而且他们也喜欢不无嘲讽地聊那些纯粹的宇宙现象。他们的口头禅是"连一丝活气都没有"。

"大使先生，"科学家开口道，"我一直在分析最近几天当中罗摩的古怪行为，现在我要公布我的结论。其中有些结论十分惊人。"

佩雷拉博士看起来先是吃了一惊，跟着又喜不自胜。但凡能让戴维森教授吃惊的事情，他都会表示强烈赞同。

"首先，年轻中尉的南半球之旅中发生了一系列重大事件。那些放电现象虽然壮观，本身却无足轻重——不难发现，放电现象所蕴含的能量相对来说几乎可以忽略不计。然而与此同时，罗摩的自转速率也发生了变化，还有它的飞行姿态——也就是它在太空中的运行方向。这一定需要消耗十分巨大的能量，而差点儿让——呃，派克先生丧命的放电现象不过是微不足道的副产品——也许还是一个麻烦，所以才需要南极的避雷针将其影响降至最低。

"由此我得出了两个结论。航天器——尽管罗摩的体积让人叹为观止，但我们必须称之为航天器——改变飞行姿态，通常意味着它将要改变轨道了。因此我们必须认真对待早前有人提出的观点：罗摩有可能打算成为咱们太阳的新行星，而不是回到群星当中。

"如果真是这样，那么很显然，'奋进'号应当做好准备，以便随时离港——太空船也是用这个词吗？倘若仍与罗摩保持对接，飞船将面临十分严峻的危险。我估计诺顿船长已经预料到这些可能性，但我认为咱们还是应当另外给他送去警报。"

"感谢发言，戴维森教授。那——所罗门斯博士，您请说？"

"对此我也有些看法，"科学史学家说，"罗摩改变自转时似乎没有使用喷气引擎，或是反作用力装置。在我看来，这只有两个可能。

"一种可能是，罗摩内部安装有陀螺仪，或者是类似陀螺仪的装置。这些装置一定体积巨大，可它们在哪儿？

"另一种可能则会推翻咱们整个物理学科——罗摩上有一套非反作用力推进系统，也就是戴维森教授压根儿不相信的所谓的'宇宙推进器'。倘若真是这样，那罗摩简直可以做任何事情，咱们却根本无法预判它的行为，哪怕只是在物理学层面作大致判断。"

面对这些学术交流，诸位大使显得不知所措，然而天文学家戴维森教授不想再多说了。今天所面临的尴尬处境已然够多了。

"诸位不介意的话，我还是会坚信物理法则，直到不得不放弃的那一天。如果我们在罗摩上还没有发现陀螺仪，那就是我们还不够努力，不然就是没找对地方。"

布斯大使看得出来，佩雷拉博士正变得越来越不耐烦。换作往常，这位外星生物学家和其他学者一样，喜欢推理空谈，可是现在，他第一次有了实实在在的证据。他这一门长久以来毫无建树的学科一夜之间变得十分富足。

"很好——如果再没有人发言的话，那么，我知道佩雷拉博士要说些重要消息。"

"谢谢你，大使先生。众所周知，我们终于得到了罗摩生命形式的标本，医务官厄恩斯特，也就是'奋进'号的医疗长官，解剖了一只像蜘蛛的生物，并且发送来一份完整报告。

"我必须马上补充的是，部分解剖结果着实让人费解，如果换个环境，我根本不会相信它。

"这个蜘蛛显然是个有机生命，虽然化学成分在很多方面跟我们有所区别——它含有大量的轻金属成分。不过我还是觉得不应该称之为动物，这里有几条决定性的理由。

"首先，蜘蛛似乎没有嘴，也没有肠胃——根本没法摄入食物！也没有呼吸道，没有肺，没有血液，没有生殖系统……

"大家可能会想，它到底有什么。它拥有简单的肌肉组织，用来控制它的三条腿以及三条不知是卷须还是触角的东西。还有一个大脑——非常复杂，大部分都跟它极度发达的三眼视觉系统有关。不过身体的百分之八十都是一种由大细胞组成的蜂巢结构，正是这东西，让厄恩斯特医生在动手解剖时备感惊诧。要是运气好一点儿的话，她本该第一眼就认出来，因为这个罗摩生物构造在地球上也同样存在——尽管只存在于若干种海洋生物体内。

"蜘蛛身体的绝大部分不过是一块电池,就跟电鳗、电鳐的发电细胞和鳍刺一样。不过在这里,这些组织显然并非用于自卫。它是这种生物的能量来源。这就是它无需进食和呼吸的原因,它不需要这类原始的器官。此外,这也意味着它就算是在真空环境里也能活得很自在……

"这样一来,咱们就有了这样一个生物,从各个角度来看,它都不过是一只移动的眼睛。它没有任何可用来抓取东西的器官,那几条卷须也过于无力。如果有人向我作这样一番描述,我会说它只是一台侦察设备。

"它的行为也跟这些描述十分吻合。这些蜘蛛所做的事情就是四处乱跑,东看西看。它们也只能干这些……

"可是其他动物又另当别论。诸如螃蟹、海星、鲨鱼——勉强这样称呼吧——显然都能影响周边环境,而且看样子也分化出特定器官,以实现特定功能。我猜测这些动物同样由电力驱动,因为它们和蜘蛛一样,都没有嘴。

"我敢说,你们都会意识到由这些特征引出的生物学难题。像这样的生物能通过自然进化而来吗?说真的,我认为不能。这些生物似乎是像机器一样,是被设计出来的,用于完成特定的工作。如果要我来描述,我会说它们是机器人——生物机器人——地球上并没有类似的东西。

"如果罗摩是一艘太空船,也许这些生物便是船员的一部分。

至于说它们如何诞生——或者如何被制造出来——这我也说不准。不过我猜答案就在纽约里。如果诺顿船长和他的人待得够久，他们也许还会看到构造愈加复杂、行为无法预测的生物。顺藤摸瓜他们还有可能见到罗摩人本身——这个世界真正的建造者。

　　"到那时，诸位，所有疑问就都找到答案了……"

第三十五章

特种快递

诺顿船长睡得正香,却被他的私人通报机搅了美梦。刚才他正和全家一起在火星上度假,正飞过奥林帕斯山——整个太阳系里最大的火山——冰雪覆盖的壮美山巅。小比利刚才正要跟他说话,可现在诺顿永远也不会知道他要说什么了。

梦境退却了,现实是船上的副船长要跟他说话。

"抱歉吵醒你了,头儿,"科考夫少校说,"指挥部发来3A级急电。"

"转给我。"诺顿睡眼惺忪地回答道。

"我没法转给你。这封信经过加密——'仅限船长过目'。"

诺顿一下子醒了。整个职业生涯中,这样的信息他只收到过三次,每一次都意味着有大麻烦。

"见鬼!"他说,"这可怎么办?"

副船长用不着回答。他们都明白出啥事儿了。这是"船员守则"里从未预设过的情况。通常情况下,船长一向距离办公室只有几分钟路程,而密码本就放在他的私人保险柜里。而如今,诺顿就算立刻出发,也还要过四五个小时才能筋疲力尽地回到飞船。这可不是处理AAA急电的办法。

最后,诺顿说:"杰瑞,这会儿在交换台值班的是谁?"

"没人,我是自己过来叫你的。"

"录音机关了?"

"奇怪,不知是谁违规关掉了。"

诺顿笑了。杰瑞真是他共事过的最棒的副船长,啥事儿都能考虑到。

"好吧。你知道我的钥匙在哪儿。等会儿再打过来。"

他用尽全部耐心熬过了接下来的十分钟,同时努力去想别的事情——却算不得成功。他可不想白费脑筋——一来,要猜中消息内容的可能性不大;二来,很快他就知道了。到那时,他就该真正开始焦虑了。

副船长又打过来了,他的语气紧张得要命。

"倒没有那么紧急,头儿——晚一个小时知道也没关系。不过我想还是不要用无线电了。我派人把它送下去。"

"可是干吗要——哦,好吧——我相信你的判断。你打算派谁穿过气闸舱送信进来?"

"我自己过去,等我到达中轴区再跟你联系。"

"那就交给劳拉值班。"

"顶多一个小时。事情一办完我就回飞船。"

医务官没有接受过执行船长的专门训练,就像船长没有受训做手术一样。紧急情况下,这两个角色也有过成功互换的先例,可是这样做并不提倡。不过,今晚既然已经破过一次例了……

"记录上就说你一直没有离开飞船。叫醒劳拉了没?"

"叫了。她很高兴有这个机会。"

"幸好医生都习惯替人保守秘密。哦——你发送收信确认了吗?"

"当然,用你的名义。"

"那我等着。"

这下真的没办法不焦虑了。"倒没有那么紧急——不过我想还是不要用无线电了……"

有一点可以确定的是,船长今晚睡不成觉了。

第三十六章

生机人观察员

彼得·卢梭中士明白自己之前为何自愿接受这项任务——从很多角度来看，这正是他的童年梦想。从六七岁时起，他就对望远镜十分着迷，年少时还花大量时间收集各种形状和大小的透镜。他把这些镜片装在硬纸筒上，造出倍率越来越高的望远镜来，一直到他对月亮、行星、近地轨道空间站，以及他家周围三十公里范围内的地貌了如指掌。

他很幸运地出生在科罗拉多州的群山之间，不论往哪里看，那景观都十分壮丽，让人百看不厌。他会像这样安安全全地花上几个小时，观察每年都会害死粗心的登山者的群峰。虽然他见识过很多美景，可他想象中的画面更多——他会假装在茫茫群山之外，在他望远镜的观察范围之外，有许多魔法王国，王国中住满了奇妙的生物。正因如此，彼得有好多年都一直不愿去参观那些透过镜片欣赏过的地方，因为他知道，现实里容不下美梦。

如今,在罗摩的自转轴上,他可以纵览远比他年少时最狂野的想象图景还要令人赞叹的景象。整整一个世界在他眼前一览无遗——一个小小的世界,的确如此,可是哪怕这个世界死气沉沉、毫无变化,四千平方公里的面积也足够人花一辈子徜徉其中了。

而现在,拥有无限可能的生命也来到罗摩了。生物机器人即使算不得活生生的生物,那也无疑是对生命最真切的模仿者。

谁也不知道"生机人"这个词是谁发明的,仿佛是它自己蹦出来,并且很快大家都这么叫开了。从中轴区的绝佳观察位置望出去,彼得仿佛就是"生机人首席观察员",而且他相信自己开始慢慢了解部分生机人的行为特征了。

蜘蛛就是移动的传感器,利用视觉——可能还有触觉——来察看罗摩整个内部世界的情况。这里一度有几百只蜘蛛在四处飞窜,可是十几天过后,蜘蛛消失了,现在连一只都很难见到。

取而代之的是一系列更加让人过目难忘的奇异生物,光是为它们想出合适的名字就足以让人大伤脑筋。这里有"擦窗工",长着大脚,脚上长有肉垫,正沿着罗摩的六根人造太阳,一路走,一路把太阳擦拭干净。它们巨大的身影沿着这个罗摩的直径投射出去,有时还会在对面造成短暂的日食。

当初把"蜻蜓"号拆得七零八落的螃蟹或可称作"拾荒者"。阿尔法营地本来把所有垃圾都整整齐齐垛在营地外,现在一群模样相似的拾荒者来到营地排成一排,用接力的方式把垃圾全都运走了。要不是诺顿和梅瑟站在那里阻止它们,这些生物还会把其他物品全都一扫而空。这场冲突虽然紧张却很短暂,在这之后，拾荒者似乎明白了哪些东西可以碰，于是每隔一段时间就来看看这里是否需要它们服务。这种安排真是再方便不过了，同时也意味着高级智慧的存在——不论这智慧是拾荒者本身的一部分，还是存在于别处的控制者。

在罗摩处理垃圾非常简单。所有东西都被丢进柱面海里，可以猜想，垃圾在那里被分解成可以再利用的形态。这个过程非常快，"决心"号一夜之间就消失了，这让露比·巴恩斯大为恼火。诺顿为了安慰她，便向她指出，小筏子已经出色地完成了它的工作——再说他也不会再让任何人驾驶它。那些鲨鱼可未必像拾荒者那样有辨别能力。

彼得发现了一种新的生机人，还通过望远镜拍摄了一张绝佳照片，心里简直比天文学家发现新行星还要高兴。可惜的是，所有有趣的物种都在海对面的南极。在那里，它们正围绕着大小角执行一些神秘的任务。有个形如蜈蚣、长有吸盘的东西时不时现出身来，一直在大角上四处探察。与此同时，在逐个察看几根小角时，彼得还瞥见一个体形粗壮的生物，看起来像是河马和推土机的结合体。此外还有一种长有两条脖子的长颈鹿，动起来就像是个可以移动的塔吊。

可以想见，和所有飞船一样，在经历了漫长的航行之后，罗摩也需要检修。既然船员们已经在努力工作了，那么乘客们何时现身呢？

彼得的主要工作不是给生机人分类，给他的命令是持续监视始终在外的那两三支探险小队，看他们有没有遇到麻烦，如果有东西靠近就警告他们。每过六个小时,他就跟得空的船员换班,不过有好几回,他还另外加班十二小时。于是,如今他比世上任何人都更加了解罗摩的地理状况。对他来说,罗摩就像年少时科罗拉多的群山一样亲切。

杰瑞·科考夫一从阿尔法气闸舱出来,彼得就知道,发生什么异乎寻常的事情了。人事调动从来不在休息时段进行,而现在刚过任务时间的午夜。这时彼得想起来他们人手有多么短缺,同时被一件更加惊人的违规事件吓了一跳。

"杰瑞——谁在飞船上值班?"

"我,"副船长一边说,一边打开头盔面罩,"你不会认为我在值班期间离开舰桥吧,嗯?"

他把手伸进携行装具里,掏出一个小罐子,罐子上仍然贴着标签:浓缩橙汁,可稀释成五升。

"你干这个在行。头儿正等着呢。"

彼得举起罐子,说:"希望你在里面装够了重物——这类东西有时候会卡在第一层平台。"

"哎呀,你真是行家。"

这话一点儿不假。中轴区的观察员会把被落在上面,或者是急着要用的小物件扔下去,他们有不少实践经验。这一手的技巧在于让它们顺利通过低重力区,同时确保在沿着山坡翻滚八公里的过程中,科里奥利效应不会让东西偏离营地太远。

彼得把自己固定好,握紧罐子,把它朝下丢向悬崖表面。他并不直接瞄准阿尔法营地,而是偏离营地大约三十度。

几乎就在出手的瞬间,罐子的初始速度就被空气阻力减小不少,可是在这之后,罗摩的模拟重力接手剩下的工作,罐子开始不断加速落向下方。它先撞上梯子靠近底部的位置,然后弹起来,慢悠悠地飘过第一层平台。

"这下成了,"彼得说,"要不要打个赌?"

杰瑞马上回答道:"不了,你最清楚胜率多少。"

"真没赌性。不过我现在就告诉你吧——它会停在营地周围三百米范围内。"

"听起来也不近。"

"回头你自己试试。有一回我看见乔偏出好几公里。"

罐子不再弹起来了,重力已经强到足以让它贴着北极穹隆的弯曲表面向下滑了。等它滑到第二层平台,罐子滚落的速度达到每小时二三十公里,并已接近摩擦力所允许的最大速度。

"现在咱们只能等着了,"彼得一边说,一边在望远镜旁固定好,从而能够一路追踪装着信息的罐子,"十分钟后就能到。啊,头儿出来了——我已经习惯了从这个角度辨认大家了——他正抬头看咱们。"

"我猜守着望远镜让你有一种大权在握的感觉吧。"

"哦,真是这样。只有我一个人知道整个罗摩内部正在进行的每一件事。至少,我觉得我知道。"他一边忧郁地补充道,一边责备地看了科考夫一眼。

"要是告诉你能让你高兴起来,那好吧,头儿的牙膏用完了。"

跟着，两人都不说话了。到最后，彼得说："刚才你要是打赌就好了……他只需要走五十米……他看见东西了……任务完成。"

"多谢，彼得——干得漂亮。现在你可以接着睡觉了。"

"睡觉！我要值班到四点呢。"

"抱歉——你刚才肯定是睡过去了。不然怎么可能梦见这些？"

    太空勘探局总部致电"奋进"号太空船船长。AAA级急电。限本人阅览。严禁备份。
  "太空卫士"报告，十到十二天前水星发射超高速飞行器，用于拦截罗摩。如不变更轨道将于3月22日15时抵达。或有必要在此之前撤离。请等候进一步通知。
             总指挥

为了记住日期，诺顿把信来来回回读了六七遍。在罗摩里面很难记住日子，他不得不查看手表上的日历，才知道今天是三月十五日。这就是说，他们只剩下一个星期了……

这封信让人不寒而栗的不光是信上说的内容，还有这些内容暗含的言下之意。水星人已经进行了一次秘密发射——这本身就违背《太空法》了。结论显而易见，那个"飞行器"只可能是一枚导弹。

可是为什么？水星人应该不会——唉，大概不会吧——胆敢危及"奋进"号,所以估计很快他就会收到水星人亲自发来的预警通知,并且留有充足的撤离时间。紧急情况下,诺顿可以在几小时之内撤离,不过他只有在得到总指挥的直接命令,并被勒令执行的情况下才这样做。

诺顿满腹心事地慢慢穿过营地,走向临时拼凑的生命维持系统,把信丢进电动自清洁厕所里。马桶圈下方的裂隙里,一道耀眼的激光激射而出,让他知道,保密命令已经得到彻底执行。诺顿心想,糟糕的是,并非所有难题都能解决得这么干脆利落。

第三十七章

导 弹

导弹的等离子制动火箭喷口的强光在"奋进"号的主望远镜中变得清晰可见，此时导弹跟罗摩还有五百万公里的距离。而到这时，这个秘密早已经传开了，诺顿也已经不甘心地第二次——也可能是最后一次——发布全体撤离的命令。可是在事情变得毫无转圜余地之前，他还不打算离开罗摩。

制动动作完成时，这位水星来的不速之客距离罗摩只剩下五十公里了，并且似乎正在用自己的摄像头仔细观察罗摩。船员们可以清晰看到，摄像机在导弹头尾各有一台，此外还有几根小型全向天线，以及一个大型的定向碟形天线，始终指向远方的水星。诺顿心想，通过无线电波，究竟会有什么指令传来，又有什么样的信息送回去。

然而水星人能知道的已经知道了，"奋进"号的所有发现都已经传遍了整个太阳系。这台飞行器为了飞临这里，已经打破了所有飞行速度纪录，它不过是其制造者的意志的延伸，是制造者实现其目的的工具。这个目的很快就会被世人所知，因为三个小时后，水星驻联合行星大使将在联合行星大会上发表演说。

按照官方说法，这枚导弹根本就不存在。导弹上没有任何身份标记，也没有发射任何标准频率的识别信号。这是一项严重的违法行为，可是就连"太空卫士"都没有提出正式抗议。所有人都在紧张焦急地等着看水星将如何采取下一步行动。

导弹发射——及其发射源——被公布至今已经过去三天了；在此期间，水星人一直固执地保持沉默。如有必要，他们真能沉得住气。

一些心理学家早就宣称，在水星出生长大的人的性格简直无法被人完全理解。水星人被三倍于水星的重力永远流放在地球之外，他们只能站在月球上，隔着一段狭窄的太空沟堑望着他们的祖先——甚至他们的亲生父母，却永远都不能亲身拜访。因此，他们必然会宣称自己也不想去地球。

他们假装对蓝天，对江河湖海，对起伏的原野，对轻柔的雨丝——对一切只能通过影像记录来了解的事物都毫不在意。他们的行星充斥着强大的太阳能，白天温度经常可达六百摄氏度，于是他们摆出一副趾高气扬的粗鲁派头，绝不肯花一丁点儿时间做严肃的自省。实际上，由于他们只有在与外界环境完全隔离的条件下生存，他们情愿让身体变得虚弱。就算水星人能够适应地球上的重力，他们也会很快就招架不住地球上热带国家的炎热天气。

然而，一旦涉及他们真正在意的事情，他们真的会变得十分强硬。近在咫尺的暴虐恒星所带来的心理压力，同这颗顽固行星做斗争，从中榨取一切必要的生存物资，以及在此过程中遇到的工程难题——所有这些塑造出一个斯巴达式的、从很多方面来看都十分值得尊重的文化。水星人十分靠得住，他们只要许诺了什么事情，就一定能办得到——虽然账单可能贵得吓人。有个水星人自己的笑话，说就算有迹象显示太阳要变成新星了，水星人也能签署合同，控制住它——只要谈好价钱。还有个关于水星人却不是水星人讲的笑话，说如果谁家小孩对艺术、哲学，或者是抽象数学表现出兴趣，那他就会被直接丢进水耕农场里当肥料。不过对于水星上的罪犯和精神变态者来说，这压根儿不是个笑话。在水星，犯罪是一种难以承担的奢侈品。

诺顿船长去过一次水星，并且——跟绝大多数访问者一样——留下了无比深刻的印象，还结交了不少水星朋友。他在路西法港爱上了一位姑娘，甚至考虑为她签一份三年期的合同，可是姑娘的父母很是看不起金星轨道以外的行星上的人，结果婚事只能作罢。幸亏是这样。

"来自地球的3A级信件，头儿。"舰桥说，"是总指挥的音频和备份文本文档。准备好接收吗？"

"文本文档接收归类，把音频发给我。"

"马上发送。"

亨德里克斯上将的声音平静而且不带感情色彩，像是在发布一条例行的舰队命令，而不是要处理人类太空史上独一无二的情况。不过话说回来，这会儿距离炸弹只有十公里的又不是他。

"总指挥致电'奋进'号船长。以下是目前所掌握情况的简单汇总。你知道联合行星大会将在十四点召开，到时你将旁听大会进展。到那时，你很可能必须不经征询意见就采取果断行动。所以长话短说。

"我们已经分析过你发来的照片，这个飞行器是一个标准的太空探测器，经过改装以获得大推力，最初加速时可能还利用激光推进。根据尺寸和质量判断，相当于五亿到十亿吨当量的核聚变炸弹。水星人在日常采矿作业时就会使用高达一亿吨当量的炸弹，所以组装这样一个弹头应当不算困难。

"我们的专家还估计，这个当量是确保摧毁罗摩所必需的最小当量。如果这颗炸弹靠着罗摩外壳最薄弱的部分引爆——在柱面海的下方——外壳将会被炸开，而罗摩的自转将会把自己甩成碎片。

"我们估计，如果水星人打算这么干，他们会给你充裕时间进行撤离的。你应当知道的是，这样一颗炸弹爆炸时产生的伽马射线，就算在一千公里外也可能对你产生威胁。

"不过这还不是最危险的。罗摩的碎片重量可达好几吨，并且以将近一千公里的时速甩脱出来，不论你飞到什么距离，这些碎片都有可能摧毁你。所以，我们建议你沿着自转轴方向飞行，因为碎片不会朝那个方向甩过去。一万公里勉强可算是安全距离了。

"这条信息经过多重伪装随机线路发送，不会被人截获，所以我才敢清楚地用英语告诉你。你的回复可能就没那么安全了，所以说话时小心点儿，必要时使用代码。联合行星大会讨论结束后，我会马上跟你联络。通话结束。总指挥。完毕。"

第三十八章

联合行星大会

根据史书记载——虽然谁也不会真的相信——旧时的联合国曾经一度有一百七十二个成员国。联合行星却只有七个成员，而且有时候这么多已经很糟糕了。按照离太阳从近到远排序，它们是水星、地球、月球、火星、木卫三、土卫六和海卫一。

这份名单十分简略，而且包含很多含混之处。可以想见，这些问题会在将来得到澄清。批评者们总是不知疲倦地指出，联合行星的大半成员其实根本不是行星，而是卫星。而太阳系里的四个大家伙，木星、土星、天王星和海王星都没有位列其中，这简直是荒唐透顶……

可是这些巨大的气态行星上一个人都没有，而且很可能以后也不会有人居住。另一位重要的缺席者金星很可能同样如此。就算是最狂热的行星工程师也会同意，驯服金星可能得花上几个世纪的时间，与此同时，水星人还一直对它虎视眈眈，而且肯定制订了不少长远计划。

地球和月球各自占有一席也是一个争论焦点。其他成员争辩说，这样一来，就把太多的权力集中到太阳系一隅里。可是月球上的人口数量比除地球外的任何一个世界都要多——而且它还是联合行星的会场所在。不仅如此，地球和月球之间几乎在任何事情上都没法达成一致，所以他们也不大可能结成一个危险的同盟。

火星托管了小行星，但是伊卡洛斯小行星群归水星管控，还有少量小行星由于轨道近日点在土星之外，所以划归土卫六所有。总有一天，那些大型的小行星，诸如智神星、灶神星、婚神星和谷神星，其重要性将足以使其拥有自己的驻联合行星大使，而到那时，联合行星的成员数量将达到两位数。

木卫三代表的不仅仅是木星（因此单凭这一点，其质量比太阳系其他行星质量之和还要大），还代表剩下的五十颗左右木星卫星——如果把木星从小行星带临时俘获来的小行星也算进去的话。（律师们仍然在为此争论不休）同样，土卫六掌管土星、土星光环，还有其余三十多颗卫星。

海卫一的情况更加复杂。海王星巨大的卫星是太阳系里有人定居的星球中最靠外边的一颗，结果就是，海卫一的大使顶了一大堆帽子。他既代表天王星及其八个卫星（全都没有被征服），也代表海王星以及另外三颗卫星，还代表冥王星和它唯一一颗卫星，以及孤独的、没有卫星的冥后星。如果冥后星之外还有行星，那它们也在海王星的职责范围之内。而且仿佛还嫌不够似的，人们还听见这位常被称作"外面的黑暗的大使"的人物抱怨说："还有彗星呢？"大家都觉得这个问题可以留待以后再解决。

可是现在，从非常现实的角度来看，那个未来已经到来了。以某些定义来看，罗摩就是一颗彗星。它们是仅有的来自群星深处的访客，有许多彗星曾沿着双曲线轨道运行，比罗摩更加靠近太阳。任何打太空官司的律师都可以借此提起一项十分有赚头的诉讼——而水星大使更是这一行的高手。

"有请水星大使发言。"

与会代表们按照距离太阳由近到远，以逆时针方向安排座次，所以水星人坐在主席的最右边。直到最后一分钟，他都在与计算机交流。这会儿他摘下同步眼镜——只有佩戴这副眼镜的人才能看到显示器上的信息。他拿起一沓笔记，轻快地站起身来。

"主席先生，各位尊敬的代表，我想先就我们目前所面对的情况做一点概述。"

这"一点概述"如果是从某些代表嘴里说出来，那在场各位大概就会暗暗叫苦了。不过大家都知道，水星人一向都是有一说一。

"这艘被称作'罗摩'的巨型太空飞船，或者说是人造小行星，早在一年多以前就被侦测到了，彼时它远在木星轨道之外。最开始，人们都认为那是个天然星体，其轨道是一条双曲线，沿着这条轨道，它将绕过太阳，继续飞往群星。

"人们发现其真实面目后，太阳系勘探局的飞船'奋进'号奉命与之相会。诺顿船长和他的船员们十分高效地完成了这项独一无二的任务，我想我们都该为此向他们表示祝贺。

"起先，大家都以为罗摩里面没有生命——经历了几十万年的冰封，其中的生命根本不可能复苏。从严格的生物学角度来讲，这样说也许直到现在都没错。有关专家们一致认为，任何复杂生命形式的活体器官在假死状态下顶多只能存活区区几个世纪。即使是在绝对零度下，残余的量子效应最终还是会抹去太多复苏所必需的细胞信息。因此，虽然罗摩在考古学方面拥有无比重要的意义，但它并不存在大的宇宙政治难题。

"现在来看，这种看法显然太天真了，尽管从一开始就有人指出，罗摩直直地飞向太阳，不可能仅仅是个偶然。

"即便如此，还是可能有人争辩——也的确有人争辩——说罗摩不过是一个失败了的实验。这种观点认为，罗摩已经抵达事先设定的目标，但是控制罗摩的智慧生命却没有活下来。这种看法同样非常头脑简单，它显然低估了我们所要应对的生命体。

"我们所没有考虑的，是非生物形态生命存在的可能性。佩雷拉博士的理论可信度很高，它与所有事实都很契合。如果我们接受这一理论，那么，我们在罗摩内部所观察到的生物，在不久前其实都还并不存在。它们的原型，或者说模板，都储存在某种中央信息存储区域里，一旦时机成熟，就可以用现成的原材料将它们制造出来——可以想见，原材料就在柱面海的金属有机物浓汤里。这种技术仍然远在我们自身的制造能力之上,但是在理论上没有任何说不通的地方。我们都知道,不同于生命体,固态电路可以无限期地存储信息,而不会产生丢失。

"所以罗摩正处在全面运转的状态,正在实现其建造者——不管他们是谁——的目标。从我们的视角来看,罗摩人本身不论是全都死去上百万年了,还是他们也会被重新制造出来,并且随时可能加入他们的仆人当中,这些都不重要。不论有没有罗摩人,他们的意志一直都在逐渐实现——并将继续被实现。

"已经有证据显示,罗摩的推进系统仍然在运转。要不了几天,它们就会抵达近日点,根据常理推断,到了那里它将进行某种大的变轨动作。因此,我们很快就会有一颗新的行星——这颗行星将在我方政府享有管辖权的太阳系空间内运转。不然的话,它当然也可以做进一步变轨动作,最终在任意距离上占据一条最终轨道。它甚至可以变成一颗主要行星——例如地球——的卫星……

"因此,各位代表,我们正面临着各种可能性,其中有一些还非常严峻。如果继续假装这些生物必定是友善的、无论如何都不会妨碍我们,那就真是愚不可及了。既然他们来到我们的太阳系,那他们就一定有所求。即使他们只想要科学知识——想一想这样的知识可以被用来干什么……

"我们目前所面对的是一种领先我们几百年——也许几千年——的技术,以及一种无论如何都无法与之接触的文化。我们一直在根据诺顿船长传回来的画面研究罗摩内那些生物机器人——生机人——的行为,现在已经得出了一些结论,我们打算向各位公布。

"水星上没有任何可供观察的本土生命形式,这可算是我们的不幸。不过,我们拥有地球生命的完整记录,并且从中发现了一种与罗摩惊人相似的生命形式。

"那就是白蚁群。和罗摩一样,白蚁巢同样是一个被制造出来的世界,其环境也受到控制。和罗摩一样,白蚁群的不同分工依靠一系列特化的生物机器——有工人、建造者、农民——战士。虽然我们不知道罗摩有没有蚁后,但我猜想那座被称作纽约的岛屿就承担着类似的功能。

"要把这种类比推广得太远显然就太荒唐了,在很多方面也并不成立。但是我之所以要这样说,有以下原因。

"人类和白蚁之间可能有多大程度的合作和理解?如果彼此没有利益冲突,大家还可以相安无事。可是一旦一方需要另一方的领地或者资源,那就没有任何转圜的余地了。

"幸亏我们的技术和智力,只要下定决心,我们每次都能打胜仗。可是有时候胜利来得并不容易,有些人坚信,从长远来看,最终的胜利兴许属于白蚁……

"记住这一点,再想一想罗摩可能——我没有说一定——会带给人类文明的可怕威胁。万一最糟糕的情况发生了,我们已经采取了哪些措施来加以防备?一点儿都没有。我们不过是空谈、猜测,写了些学识渊博的论文。

"好啦,各位代表,水星做的可不止这些。根据2057年制定的《太空条约》第三十四章的有关条款，我们有权为保护太阳系空间的完整采取任何必要的手段，因此，我们已经向罗摩发射了一枚高能量核装置。我们真心希望永远都不必使用它。但是至少，我们现在还不至于束手无策——就像过去那段时间一样。

"也许有人会批评说我们未经高层磋商就采取单边行动。这点我们承认。可是在座的各位，有谁认为——恕我直言，主席先生——我们会在如此有限的时间内达成这样的一致意见吗？我们认为，我们的行动不仅仅是为了自己，还是为了整个人类。总有一天，未来的人类将世世代代感谢我们的远见卓识。

"我们认识到，要摧毁一件像罗摩一样无与伦比的人造天体将是一场悲剧——甚至是犯罪。倘若有办法避免这样的悲剧，同时避免威胁到人类，我们愿意洗耳恭听。可这样的办法我们没有找到，而时间正在流逝。

"要不了几天，在罗摩抵达近日点之前，我们就必须作出选择。当然，我们将给'奋进'号发出预警，并留出充足的时间，但我们将建议诺顿船长一直做好准备，随时都可以在一小时内撤离。可以想见，罗摩随时都可能进一步发生戏剧性的变化。

"主席先生，各位代表，我的发言就是这些。感谢各位的聆听。希望诸位予以配合。"

第三十九章

上级命令

"那么,罗德,你们的神学理论能够解释水星人吗?"

"太好解释了,船长,"罗德里格回答道,他脸上虽然挂着微笑,心情却并不好,"这是正邪两股力量之间自古有之的冲突。在这种冲突里,有时候人们不得不选边站。"

我就知道他会这么说,诺顿心想。现在的状况对波瑞斯一定是个震动,可是他并没有从此听天由命。太空基督教徒全都精力充沛、斗志昂扬。说真的,在很多方面,他们跟水星人出奇地相像。

"我猜你有主意了,罗德。"

"是的,船长。其实很简单。咱们只要破坏掉那颗炸弹就行了。"

"哦。那你打算怎么办?"

"用一把小号剪线钳。"

如果说这话的是别人,诺顿肯定会觉着他在说笑。但波瑞斯·罗德里格不是这样的人。

"你等等！那上面还有摄像机呢。你觉得水星人会坐在那儿眼睁睁看你这么干吗？"

"当然，他们只能干看着。信号传到他们那里时早就太晚了。我只要十分钟就能轻松完成工作。"

"明白了。他们肯定会发疯的。可万一炸弹上面有饵雷，去拆弹岂不会爆炸？"

"不太可能。这样做有什么意义？这颗炸弹是专门造来执行深空任务的，上面应该带有各种保险装置以防止引爆，除非收到正向指令。不过就算有风险我也做好接受的准备——而且这样做也不会危及飞船。所有情况我都考虑到了。"

"这一点我很确信。"诺顿说。这个主意很有吸引力——简直成了一种诱惑。尤其让他喜欢的是，这样一来就能挫败水星人，等他们意识到——太晚啦——这个致命玩具出什么事儿时，诺顿情愿花一大笔钱来看他们将作何反应。

可是还有其他麻烦，而且诺顿一细想，问题简直要翻一倍。他所要面对的，是他整个职业生涯当中最为困难，也是意义最重大的决定。

这样说还是过于轻描淡写。他所面对的是任何船长都不曾作过的艰难决定：整个人类的未来都压在这上面。因为，万一水星人说对了呢？

罗德里格走后，诺顿打开"请勿打扰"的信号灯。他都不记得上次使用这个信号灯是什么时候了，见它还能工作，还略有些吃惊。此刻，他身在拥挤、忙碌的飞船的核心区域，却是孤独一人——只有詹姆斯·库克船长的肖像，穿过岁月的甬道，垂眼注视着他。

他已经得到警告，任何信息都可能被截获——有可能是通过炸弹本身上面的中继装置，所以这件事情不能请示地球。这样一来，全部责任都落在他肩上。

他在别处听过一个故事，说的是有一位美国总统——是罗斯福，还是佩雷斯①来着？——他的办公桌上有一块牌子，写着"责任到此，不容推辞"②。诺顿也不太清楚鹿角猎刀长啥样，但他知道，眼下，自己桌上就有一个。

他什么也做不了，只能坐等水星人通知他离开。以后的历史将会如何记载这件事？诺顿不太在意自己将来是流芳百世，还是遗臭万年，可是他不想作为一桩宇宙罪案的共犯而永远被人记住——何况他本来还有能力阻止其犯罪。

再说这个计划毫无瑕疵。如他所料，罗德里格早就把计划的每个细节都想周全了，就连拆弹时引爆炸弹这样最微小的潜在危险都考虑到了。万一炸弹真的引爆了，有罗摩挡在前面，"奋

---

① 作者虚构的美国总统。
② 原文"The buck stops here"。这块牌子实际上在杜鲁门的办公桌上。Buck指的是buckhorn knife，意为有鹿角刀把的猎刀。美国西部拓荒时期的扑克游戏玩家轮流坐庄，轮到谁坐庄就把猎刀放在谁面前。如果不愿坐庄，可将机会让给别人。所以有短语pass the buck，意为推诿责任，而the buck stops here，就表示责无旁贷之意。

进"号也还是很安全。至于罗德里格上尉本人,他似乎认为可以在这一瞬间成圣成仁,内心十分清静。

可就算炸弹被成功拆除,这件事情也远不会到此结束。水星人可能会再做尝试——除非能找到办法阻止他们。不过这样起码可以换取几周时间,等到另一枚导弹飞过来时,罗摩早就飞过近日点了。但愿到那时,危言耸听者最恐惧的事情都被证明是虚惊一场。可万一不是虚惊……

行动,还是不行动——这是一个问题。诺顿船长以前从来都没有对那位丹麦王子产生过如此亲密的感觉。不论他怎么做,得失机会似乎都各占一半。他的决定将面临最严峻的道德困境。万一他的选择错了,他很快就会知道。可万一他对了——他可能永远都无法证明……

继续做逻辑论证、没完没了地想象未来的种种可能,这样做毫无益处。这样做就只能一圈一圈空想,永远也停不下来。现在他必须聆听自己内心的声音。

他转过头,平静、坚定的目光穿透几个世纪。

"你说得对,船长,"他低声说道,"人类必须有是非之心。不论水星人如何争辩,生存并不是全部。"

他按下按钮呼叫舰桥,缓缓说道:"罗德里格上尉——请过来。"

然后他闭上眼睛,两个拇指钩住椅子上的安全带,准备享受片刻的全然放松。

下次再有这等享受,恐怕要等上一段日子了。

第四十章

破坏者

太空摩托上所有的不必要设备都被拆了下来,拆得只剩下一个敞开的框架,把推进器、导航仪和维生装备拼凑在一起。就连副驾驶的座位也被拆掉了,因为执行任务时,每一千克额外质量都会多浪费一点儿时间。

这便是罗德里格坚持要独自执行任务的原因之一,虽然不算最重要的原因。这个任务太简单了,根本不需要帮手,而且一名乘客的质量就要耗费好几分钟的飞行时间。太空摩托的额外部件被拆了个精光,从而能以三分之一个地球重力进行加速,如此一来,从"奋进"号飞到炸弹只需要四分钟。这样就有六分钟时间用于拆弹,应该足够了。

罗德里格离开飞船时只回头看了一眼。他看见飞船已经按照计划从罗摩自转轴上起飞,正缓缓飞过北圆面的旋转圆盘。等他飞抵炸弹时,飞船应该已经躲到罗摩后面去了。

罗德里格不慌不忙地飞过北极平原。在这里没必要着急，因为炸弹上的摄像头还看不到他，所以他可以省一点儿燃料。等他飘出罗摩弯曲的边界——导弹就在那儿，正在比其诞生地更加暴烈的太阳光下闪闪发亮。

罗德里格事先输入了导航指令。他启动程序，陀螺仪旋转起来，几秒钟之内，太空摩托就全力冲了出去。最初的重压感十分强烈，不过罗德里格很快就适应了。毕竟，他在罗摩里面已经轻松适应了两倍于此的重力——何况，他的出生地地球上的重力是这个加速度的三倍。

随着太空摩托直直地飞向炸弹，那位圆柱形的天外来客厚达五十公里的弧形巨墙在罗德里格身下与他渐行渐远。然而他还是没办法估量罗摩的尺寸，因为罗摩外表十分平滑，毫无特征——实际上，毫无特征得简直看不出它在自转。

任务开始一百秒，路程近半。炸弹还是隔得太远，看不清细节，不过在漆黑天空的映衬下亮了许多。看不见星星——连明亮的地球和炫目的金星都看不到——的感觉很奇怪，这是因为他有滤光镜，保护眼睛免受致命强光的伤害。罗德里格猜想自己正在打破一项纪录，大概还没有人在如此靠近太阳的地方驾驶飞船附带载具进行舱外作业吧。对他来说，幸运的是，今天太阳活动并不剧烈。

两分零十秒，转向灯开始闪烁，推进加速度降为零，太空摩托掉转一百八十度，马上又开始全力推进，不过这一回，他是以三米每二次方秒进行疯狂减速——实际上加速度比这还大一些，因为他已经消耗了一半左右的推进剂。炸弹还有二十五公里远，再过两分钟他就到了。刚才他最高时速达到一千五百公里，对于太空摩托来说，这样的速度太疯狂了，没准儿这又是一项纪录。不过这并不是一次常规的舱外作业，而且他清楚地知道自己正在做什么。

炸弹越来越大，现在他能看见导弹主天线了，主天线始终对着看不见的水星。过去三分钟里，太空摩托逼近的图像此刻正以光速沿着主天线的指向传送出去。再过两分钟，图像信号就抵达水星了。

水星人看到他时会作何反应？他们会惊呆的，这一点毫无疑问；水星人会马上意识到，早在他们知道他上路出发之前几分钟，罗德里格就已经和炸弹会合了。也许某个值班的观察员会向上级报告——这又要耗费一些时间。可是就算是最坏的情况——就算值班军官有权引爆炸弹，并且马上按下按钮——那也要再花五分钟，信号才能传过来。

罗德里格虽然不想拿这事打赌——太空基督教徒从不打赌——但他十分确信水星上不会像这样立刻作出反应。就算水星人怀疑罗德里格的动机，他们还是会对摧毁"奋进"号的侦察载具心存犹豫。他们肯定会先尝试进行交流——这就意味着进一步耽误时间。

此外还有一个更好的理由。他们不会为了区区一辆太空摩托浪费一枚十亿吨当量的炸弹。倘若炸弹在距离目标二十公里远的地方引爆，那它就彻底白费了。他们不得不先让炸弹挪个地方。

嗯，他有的是时间……不过他还是要作最坏的打算。

他假设引爆信号将在最短时间——五分钟——内抵达，并以此为前提展开行动。

太空摩托飞过最后几百米靠近炸弹的同时，罗德里格飞快地将所看到的炸弹细部与之前对着照片研究得出的结果进行对比。之前还只是一组照片，现在却变成了坚硬的金属和光滑的塑料——不再是抽象的概念，而是致命的现实。

这颗炸弹呈圆柱形，大约十米长，三米宽——几乎与罗摩本身的轴径比相当，真是个奇怪的巧合。炸弹经由一个短工字钢制成的斜条结构，连接在运载火箭的支撑框架上。不知为何，也许是将就重心，炸弹与运载火箭的中轴呈直角，这样一来，炸弹和火箭整体看来就给人留下一个不祥的锤头形象。这的确是一个锤头，这个锤头的力量足以砸毁一个世界。

炸弹两头分别伸出一捆编好的缆线，顺着圆柱侧面延伸出来，又透过斜条结构消失在运载火箭的内部。所有的通信和控制部件都在那里，炸弹上面没有天线。罗德里格只要把这两组线缆切断，这里就只剩下一堆人畜无害、失去动力的金属了。

这虽然跟他事先的设想一模一样，却似乎还是太容易了点儿。他看看表，就算在罗德里格绕过罗摩边缘时水星人就一直在进行监视，他们还是要再过三十秒才会知道他的存在。他有足足五分钟绝对不会受到打扰——还有百分之九十九的把握获得更多工作时间。

太空摩托一停稳，罗德里格就用抓钩把它钩到导弹的支架上,这样一来,两者就牢牢地固定在一起了。这个动作只花了几秒钟。他早就挑好工具,立刻离开驾驶座,只是被行动不便的重型太空服绊了一下。

他检查的第一样东西是一小块金属铭牌,上面刻着:

动力工程部
火神城,
日落大道47号D区
17464
详情请咨询亨利·K.琼斯先生

罗德里格心想,再过几分钟,琼斯先生可有的忙了。

重型剪线钳三两下就把缆线剪断了。第一匝缆线断开时,罗德里格才想起,仅仅几厘米外就禁锢着地狱之火——万一刚才的动作将它点燃,那他根本不可能见识到后果。

他又看了眼时间,这才花了不到一分钟。这就是说,时间正合适。现在来对付冗余缆线——然后他就可以在暴怒而沮丧的水星人众目睽睽之下,起程回家了。

他刚要动手剪断第二匝缆线,却察觉到他所触摸的金属有轻微的震动。他大吃一惊,沿着导弹弹体往后看。

姿态控制发动机喷出了离子推进器工作时那标志性的紫罗兰色的光芒。炸弹准备进行机动了。

水星上发来的消息既简单又惊人。它是在罗德里格绕过罗摩边缘并且消失两分钟后送来的。

> 收件人:"奋进"号船长
> 发件人:地狱西区 水星太空指挥中心
> 请在收到消息后一小时内离开罗摩附近。建议你们沿自转轴以最大加速度撤离。
> 收到请回复。以上。

读到消息时,诺顿先是难以置信,跟着是怒火中烧。他有一种孩子气的冲动,想要回电说他的船员全都在罗摩里,要让所有人都出来得花好几个小时。可是这样做毫无益处——顶多只是试探一下水星人的意志和胆量。

而且距离到达近日点还有好几天,他们为什么现在就决定行动?他心想会不会是不断发酵的舆论压力实在太大,于是他们打算给其他人类演一出先斩后奏。这个解释似乎说不通,水星人才不会对舆论这般敏感。

他没办法召回罗德里格,因为太空摩托此刻在罗摩的屏蔽下,根本接收不到无线电信号,在他和飞船重新回到彼此视野之前,两者之间根本无法联系。而到那时,任务早已完成——或是失败了。

诺顿只有静观其变。时间还很充裕——整整五十分钟。与此同时,他已经决定给水星以最有效的答复。

他将彻底无视这条消息,看看水星人接下来会怎么办。

炸弹开始移动时,罗德里格最初的感受并不是生理上的恐惧,而是某种更加可怕的东西。他坚信宇宙的运转遵循着严苛的法度,就连上帝也不能违逆——更别说是水星人。任何信息都不可能传播得比光还快,他比水星上的任何动作都要领先五分钟。

这只可能是个巧合——出人意料,也许还致人死命,但也仅此而已。在他离开"奋进"号时,一个控制指令凑巧也向炸弹发射过来;在他飞过五十公里的这段时间里,这个指令已经前进了八千万公里。

又或许,这只是自动的姿态调整,以避免运载火箭某处过热。火箭外壳上有些地方温度将近一千五百摄氏度,罗德里格一直都尽量躲在阴影里。

另一个推进器开始点火,让第一台推进器引起的自转停下来。不对,这不是单纯让壳体受热均匀。炸弹正在重新定向,好对准罗摩……

这个当口去想为什么会出这种事根本于事无补。有一件事让他很高兴,导弹的加速度能力很低,充其量也只能达到十分之一个重力加速度。他还来得及。

罗德里格检查过连接太空摩托和炸弹支架的抓钩,又重新检查了自己太空服上的保险绳。他的心里除了决心,更腾起一股冷酷的愤怒。这次机动是不是意味着水星人打算不作预警就引爆炸弹，连"奋进"号撤离的机会都不给？这简直让人难以置信——这个举动非但野蛮，而且愚蠢，是故意要与整个太阳系作对。水星人出什么事了，竟让他们无视他们自己的大使所作的庄严承诺？

不管他们打算干什么，他们都别想逃脱罪责。

十分钟后，水星发来了第二封信，内容与第一封差不多。所以他们的最后时限延长了——诺顿仍然有一个小时。而且水星人在第二次呼叫诺顿之前，显然一直在等待，看看"奋进"号有没有给他们答复。

而现在又多了个变数。水星人这时一定已经发现罗德里格了，而且有好几分钟来采取对策。他们的命令可能已经在路上了。这些指令随时都可能到。

该做好离开的准备了。罗摩的身躯庞大，填满了整个天空。它的边缘随时都会爆发出比阳光还要夺目的短暂强光。

主推进器点火时，罗德里格正牢牢地固定在火箭上。推进器点火才二十秒，就又切断了。他飞快地心算一番，速度增量不可能超过十五公里每小时。炸弹还要花一个多小时才能飞抵罗摩。也许它只是靠上去逼着"奋进"号尽快作出反应。若是这样，这倒是个明智的预防措施，可惜水星人迟了一步。

罗德里格看一眼手表，不过到现在他不看也知道时间。水星上的人们此刻一定正在看着他目的明确地飞向炸弹，并且两者距离不到两公里。他们一定十分明确罗德里格的企图，而且一定在想他的计划有没有得逞。

剪第二匝缆线跟第一匝一样顺利。和所有合格工人一样，罗德里格事先挑好了趁手的工具。炸弹解除威胁了，或者更准确点儿说，它再也不能通过遥控指令引爆了。

然而还是存在着另一种可能性，罗德里格不敢对其视而不见。炸弹虽然失去对外连接的引信，却在内部仍然可能装有起爆装置，一旦受到撞击震动就引爆炸弹。水星人仍然能够控制运载火箭的动作，只要愿意就能让火箭撞上罗摩。罗德里格的工作还没有完全结束。

五分钟后，在水星某处的指挥室，水星人会看见他沿着导弹外壳向后爬，身上带着一把趁手的剪线钳，这把钳子刚刚报销了人类有史以来威力最大的武器。罗德里格真想冲摄像头挥挥手，可又觉得这样做不太体面。毕竟，他正在创造历史，而且以后的年月里将会有成百上千万人目睹这一幕。当然，除非水星人一气之下销毁录像。罗德里格也不能埋怨他们。

他来到远程天线的基座，沿着基座两手交替着飘向巨大的天线盘。他那把忠诚的剪线钳三两下就瘫痪了多线路信号传输系统，还把缆线、激光制导系统等一并剪了个稀巴烂。他剪完最后一剪，天线开始慢慢转向，这个出人意料的动作吓了他一跳，直到他意识到，他已经破坏掉天线对水星方位的自动锁定。从现在起，只要再过五分钟，水星人就将失去与这位仆人的所有联系。

这东西现在不仅瘫软无力，而且又聋又瞎。

罗德里格慢慢地爬回太空摩托，松开挂钩，掉转方向，让太空摩托的前减震器尽量靠近导弹重心，顶住导弹。他把推进器全功率打开，一直开了二十秒。

太空摩托顶着数倍于自身的质量，反应十分迟钝。罗德里格重新关闭推进器，同时仔细判读炸弹新的速度和方向。

它将远远地从罗摩身边错过——并且在将来随时都可以被精准定位。毕竟，这是一件十分贵重的设备。

罗德里格上尉为人一向讲究诚实。他可不想水星人起诉他弄丢了他们的财产。

第四十一章

英 雄

"亲爱的,"诺顿说,"这场闹剧耽误了我们一天多的时间,不过至少也让我有机会跟你说说话。

"我还在船上,飞船正重新飞回北极中轴的岗位上去。一个小时前,我们接回罗德,他看起来像是刚值完班回来。我猜我们俩谁也别想再去水星了,我也不知道等回到地球,我俩是会被当成英雄,还是罪犯。可是我自己的良心是清白的,我坚信我们所做的没有错。不知道罗摩人会不会说'谢谢'。

"我们在这里只能多待两天,和罗摩不同,我们可没有一公里厚的外壳来保护我们免受太阳炙烤。飞船外壳已经开始形成危险的热点,我们不得不在外面的相应位置放置遮光板。抱歉——我本不想跟你说这些麻烦事的……

"所以剩下的时间里只能再进入罗摩一次了,我打算把时间尽量利用起来。不过别担心——我可不打算冒任何风险。"

他停止录音。这番话，至少可以说是言过其实了。罗摩内部几乎每时每刻都有危险和不确定性。在罗摩里面，在那些超乎其理解范围的伟力面前，没有人会有宾至如归之感。在这趟最后的旅程上，既然他知道大家再也不会回来，行动也不会再受阻碍，他打算多赌一点儿运气。

"再过四十八小时，我们就完成任务了。到那时会怎样还不确定——如你所知，为进入罗摩轨道，我们实际上已经用光了所有燃料。我还在等着看油料船能不能及时跟我们对接，好把我们带回地球，以及我们会不会被迫直接降落到火星上。不管怎样，圣诞节前我应该会到家。跟孩子说，很抱歉我不能把生机人小宝宝带回家，它们根本不是动物……

"我们都很好，只是都累坏了。这件任务结束后，我就能休个长假，到时候咱们把失去的时间都补上。不管别人怎么评价我，你都可以宣布你嫁给了一个英雄。有几个妻子的老公拯救过一整个世界？"

跟往常一样，在复制录音之前，他仔细听了一遍磁带，以确保两个家庭都可以听这段录音。他也不知道希望哪个家庭先收到录音，这一点想起来可真奇怪。通常，他的日程表都会根据行星本身无可阻挡的运动规律而排到一年以后。

可这是罗摩降临之前的日子，现在一切都跟过去不同了。

第四十二章

玻璃神庙

"如果这样尝试,"卡尔·梅瑟说,"你觉得生机人会阻止我们吗?"

"有可能。这也是我想求证的事情之一。你干吗这样看着我?"

梅瑟慢慢地咧着嘴,露出个神秘的笑容,这意味着他私心里想起一个笑话,只是不见得会跟同船的伙伴们分享。

"头儿,我在想,你是不是觉得罗摩归你所有了。在这之前,你一直反对所有破坏建筑、硬闯进去的尝试。怎么又改变态度了?是水星人启发你了?"

诺顿先是一笑,又突然自省起来。这个问题很尖锐,他也不确定那些最明显的答案是否也是正确答案。

"也许我之前过于小心了——我一直想避免麻烦。可这是我们最后的机会,既然不得不撤,那咱们也没有太大损失。"

"前提是咱们能有序撤离。"

"当然。可是生机人一直没有表现出敌意来,而且除了蜘蛛,我认为这里没有一样东西能追上咱们——如果咱们必须拔足奔逃的话。"

"头儿,要逃你逃,我还是想体面地离开。还有,我已经明白生机人对我们为什么这么客气了。"

"现在提出新理论有点儿晚了。"

"反正我要说。它们以为咱们是罗摩人。它们无法分辨这两种需氧生物。"

"我认为它们可没那么蠢。"

"这跟蠢不蠢没关系。它们的程序让它们完成特定的工作,而我们根本没在它们的参照系里。"

"你说的或许对吧。等咱们在伦敦一开工,就知道了。"

乔·卡尔弗特一向喜欢看以银行大劫案为题材的老电影,可是他从来都没想过自己也能抢一回银行。不过这会儿,他实际上正在干一票。

"伦敦"荒凉的街头似乎充满威胁,虽然他知道这不过是他良心上的负罪感在作祟。他并非真的相信他们四周这些没有窗户的密封建筑里装满了虎视眈眈的居民,只要这些入侵者染指他们的财产,他们就会愤怒地一拥而上。实际上,他十分确定这一整片建筑群——和其他城镇一样——只不过是某种仓储区域。

然而另一份恐惧,虽然同样基于无数犯罪题材的老电影,却来得更有道理。这里虽然未必有刺耳的警铃或是尖啸的汽笛声，但是有理由认为罗摩也有某种警报系统。不然的话，生机人怎么可能知道什么时候、在哪里需要它们来执行任务？

"没瞪大眼睛的，都小心你们的后背。"迈伦中士命令道。激光喷枪的照射下，空气本身也燃烧起来，发出一股氮氧化物的味道。火焰的刀锋正切割着建筑，建筑里面隐藏着自人类诞生之日起就存在至今的秘密。

任何物质都不可能抵挡如此集中的能量，切割进展得十分顺利，每分钟就能割开好几米。不一会儿，一块足以容身的区域已经被切开了。

切下来的这部分墙壁一点儿移动的迹象都没有，迈伦轻轻敲了敲它——又多用点儿劲儿——然后用尽全力撞了上去。墙壁掉进里面，发出一声空洞的、不断回响的坠落声。

诺顿和初次进入罗摩时一样，又想起了那位打开古埃及墓穴的考古学家。他并不期待看见闪闪发光的金子，实际上，在握着手电筒爬进来时，他根本想不出会看见什么。

一座玻璃建成的希腊神庙——这是他的第一印象。这座建筑里充满了一排排垂直的水晶柱子，这些柱子宽约一米，下通地板上顶天棚。柱子有几百根，一直排列到灯光照不到的黑暗当中。

诺顿朝离他最近的柱子走去，让光柱直接照进柱子内部。灯光像照进圆柱形的透镜一样发生折射，柱子背面散射出去的光线又被后方的一排柱子一再聚焦，每一根柱子的光亮都变得更加暗淡。他觉得自己像是置身于某种复杂的光学实验装置里。

"真漂亮,"一向务实的梅瑟说,"不过这是用来干什么的?谁需要成片的玻璃柱子?"

诺顿轻轻地敲一敲柱子。听声音,这柱子相当坚硬,虽然比起水晶,更像金属。他彻底迷惑了,于是决定遵从早就听过的一句良言:"有疑惑,别出声,只管做。"

下一根柱子看起来跟第一根一模一样,他走过去时,听见梅瑟发出一声惊呼。

"我本来还想说这柱子里什么都没有呢——原来这里面嵌着东西呢。"

诺顿赶紧回头看。

"在哪儿?"他说,"我什么都没看见。"

他顺着梅瑟手指的方向看过去。那里什么都没有,柱子还是完全透明的。

"你没看见?"梅瑟疑惑地说道,"绕到这边来。见鬼——这回我也看不见了!"

"这边怎么了?"卡尔弗特问道。可一直到好几分钟后,他才第一次约略知道答案。

这些柱子并非在任何角度任何光照下都是透明的。绕着它们走时,会有东西突然跳入视野,就像琥珀里的苍蝇一样,嵌在柱子的深处——然后又消失了。柱子里的东西有几十个,全都不一样。它们看起来跟真的一样,可是有很多像是都占据了同一块空间。

"全息图像,"卡尔弗特说,"就跟地球上的博物馆一样。"

这是一个显而易见的解释，因此诺顿对此有些怀疑。他又检查了其他的柱子，并且看过存储其中的图像，心中的疑惑就更重了。

手持工具（不过是给奇异的巨手持握的）、容器、带键盘的小机器（键盘的设计显然是供超过五根手指的手使用的）、科学仪器，还有十分传统的家用器皿——若不论尺寸，放在任何地球餐桌上都不会有人注意……所有东西都摆在那儿，还有几百件无从辨认的东西，全都胡乱塞进同一根柱子里。毫无疑问，博物馆应当按照一定的逻辑来陈列物品，按照物品的联系来区分摆放。而这里看起来像是把一堆东西随意堆在一起。

他们已经拍摄了二十根水晶柱里的难以描述的物品，这时，这些物品彼此截然不同的特点给了诺顿一丝解谜线索。也许这里并不是展品陈列，而是一份目录，根据某种虽然武断却十分合乎逻辑的系统收录进来。他想起所有字典和按字母顺序排列的清单都和这里一样，把不同的东西硬凑到一起，并且把这个看法告诉了同伴。

"我明白你的意思，"梅瑟说，"罗摩人看见咱们把——啊——凸轮轴（camshaft）和照相机（camera）放在一起，没准儿同样会感到惊讶吧。"

"还有书（book）和靴子（boot）。"卡尔弗特使劲儿想了几秒钟，补充道。这个游戏可以玩上几个小时，他心想，同时脑子里想到的词也越来越不正经。

"就是这样，"诺顿回答，"这里或许是一份目录，收录的是一些三维图像——模板——或可称之为立体蓝图。"

"有什么用途？"

"你知道那个有关生机人的猜测吧？说它们本来并不存在，直到需要它们，并且把它们根据某处存储的模板制造——组装起来。"

"我明白了，"梅瑟若有所思地慢慢说道，"这么说，假设罗摩人需要一把左撇子用的魔鬼叉子①，那他只要敲出正确的代码，就能在这边造出一件复制品来。"

"差不多吧。不过千万别问我操作细节。"

他们穿行其间的柱子尺寸越来越大，现在直径已达到两米多。柱子里的图像也相应变大，有确凿的理由相信，罗摩人坚信应当按照一比一的比例存储模板。诺顿心想，要是这样，万一需要存储某种真的很大的东西，他们该怎么办。

为了增加考察范围，四位探险者各自分头在水晶柱之间穿行，并且以最快速度拍下那些稍纵即逝的图像，焦距一对准就按下快门。这真是运气好到吓人，诺顿告诉自己，不过他觉得这是他努力得来的。这里是罗摩人造物品插图版目录，他们不可能作出比这更好的选择了。可话说回来，也没有比这更让人沮丧的选择。这里一样实实在在的东西也没有，除了光影组成的让人琢磨不透的图案——这些物品看似真实，却并不真的存在。

------

① 魔鬼叉子（blivet），一种视觉假象，不可能制造出来的物体。它的一端看起来是三个圆柱形的，过渡到另一端却成了两个连接的四边形柱体。

263

尽管知道这一点，诺顿还是不止一次地产生难以抗拒的冲动，想要用激光切开一根柱子，这样就可以把一样实实在在的东西带回地球。他酸溜溜地对自己说，这就跟猴子伸手去拿镜子里的香蕉是一样的。

他正在拍摄一样看起来像某种光学设备的东西，这时卡尔弗特的喊声传来，他赶紧跑了过去。

"头儿——卡尔——威尔——看这个！"

乔时常一惊一乍的，可是有这样的发现，再兴奋也不为过。

在一根两米粗的柱子里有一套工艺精良的安全索具，不然就是制服，明显是为一种比人高的直立生物准备的。那东西中间有一条很细的金属条带，绕在不知该叫腰间、胸节、还是地球的动物学无法命名的部位。从这里向上有三根细支柱，直竖出来，越变越细，头上顶着一个完美的环形束带，直径刚好一米。束带上间距相同地分布着几个绳圈，只可能是用来绕在胳膊或者是上肢上的。绳圈有三个……

这东西上面有很多口袋、搭扣和肩带，工具（或者是武器？）从里面伸出来。还有管子、电线，甚至有些小黑盒子，如果是在地球上的电子实验室，这些东西就再应景不过了。整个布置几乎和太空服一样复杂，尽管这东西显然只能遮蔽穿着它的生物的部分躯体。

那这个生物是罗摩人吗？诺顿自问。也许永远都不会知道了，不过它显然是个智慧生物——普通动物根本对付不了这样精巧的设备。

"高大约有两米半，"梅瑟思索道，"还没算脑袋的高度——且不管脑袋长什么样子。"

"还有三条胳膊——估计腿也是三条。跟蜘蛛的设计一样，只是尺寸大了很多。你认为这是巧合吗？"

"大概不是。我们会根据自己的形状设计机器人，应当想见，罗摩人也会这样做。"

乔·卡尔弗特不同寻常地没有像是一脸敬畏地看着这件展品。

"你们说，他们会不会知道咱们在这儿？"他稍微压低了声音问道。

"我很怀疑，"梅瑟说，"咱们甚至不会引起他们的注意——尽管水星人的确做了次很好的尝试。"

众人一直站在那里，简直没办法挪动半步，这时，中轴区的彼得呼叫他们，声音里满是急切的担忧。

"头儿——你们最好快出来。"

"怎么了——生机人过来了？"

"不是——比这更严重。天快黑了。"

第四十三章

撤 退

诺顿刚从之前用激光烧出来的洞里钻出来时,感觉罗摩的六个太阳似乎还跟以前一样明亮。他想,彼得肯定是搞错了……这可不像他呀……

可是彼得已经料到了这个反应。

"天黑得很慢,"他抱歉地解释道,"我花了好长时间才注意到一丝变化。但这一点确凿无疑——我读取过数据。亮度已经下降了百分之四十。"

现在,随着诺顿的眼睛从玻璃神庙的昏暗中适应过来,他已经相信彼得的话了。罗摩漫长的白天正在走向终点。

虽然这里还跟过去一样温暖,诺顿却发现自己正在发抖。他曾经有过一次这种感受,那是在地球上的一个美丽的夏日。那时天色不知何故突然变暗了,仿佛黑暗凭空降临,或是太阳的伟力消失了——尽管当时天上一片云彩都没有。这时他才想起来,原来是发生日偏食了。

"就这样吧,"他阴沉地说,"咱们回家。所有设备都留下——咱们再也用不上啦。"

现在,诺顿满怀期望地想,计划的一部分将会证明其价值了。他之前选择伦敦作为此次劫掠行动的目的地,是因为它比其他地方都靠近扶梯,贝塔扶梯的梯脚就在四公里之外。

他们用半个地球重力条件下最舒服的旅行模式,迈开步子,一路小跑地出发了。诺顿估计这样的步子能让他们在最短时间内抵达平原的边缘,同时不会体力透支。他心里十分清楚,抵达贝塔扶梯后,他们还要往上爬八公里,不过等众人真的开始攀爬了,他会更有安全感。

快到扶梯时,第一次震颤传来了。震颤很轻,诺顿本能地扭头看向南方,以为会再次看到大小角附近的焰火表演。可是罗摩似乎从来都不彻底地重复自己,那些针一样尖的山峰周围就算又有放电现象,那也实在太微弱,根本看不见。

"舰桥,"他呼叫道,"你们注意到了吗?"

"是的,头儿——非常微弱的震动。可能又改变飞行姿态了。我们正在看速率陀螺仪①——还没有变化。等等!有读数了!可能刚刚检测到——每秒不到一微弧度,但是一直在转向。"

这么说,罗摩要开始转向了,尽管慢得几乎无法察觉。之前

---

① 速率陀螺仪,测量物体角速度的陀螺仪表。

的震动或许都是假警报——但这一次,无疑是来真格的了。

"速率正在增加——五微弧度。喂,你们感受到刚才的震动了吗?"

"当然。启动船上的全部系统。咱们可能得赶紧撤离了。"

"你觉得罗摩已经在变轨了吗?咱们距离近日点还远着呢。"

"我猜罗摩可不会照着咱们的教科书运转。快到贝塔扶梯了。我们到那儿要先休息五分钟。"

五分钟的休息时间并不够用,感觉上却像是过了一年。因为现在光线正毫无疑问地在变暗,并且暗得越来越快。

大家虽然都带着手电筒,可现在一想到这里要变得漆黑一片,就还是无法忍受。他们在心理上已经十分习惯于这里无尽的白天,简直记不起当初第一次探索这个世界时的条件了。他们感到一种强烈的冲动,想要逃离这里——逃进厚达一公里的柱面墙壁之外,太阳的光照之下。

"中轴区指挥台!"诺顿呼叫道,"探照灯能工作吗?我们可能马上就要用上它。"

"没问题,头儿。这就打开。"

在他们头顶八公里处,一道让人心安的光亮了起来。尽管罗摩的天光正逐渐熄灭,可相比之下,探照灯光看上去还是惊人地暗淡。不过探照灯过去帮助过他们,如果需要,它还是会再给他们指路的。

诺顿恶狠狠地想,这将是他们所经历过的最漫长、也最让人精神崩溃的攀爬。不论如何，他们都不能走得太急；万一体力透支，那他们就只能瘫软在这道垂直的崖壁某处，只能等到停工抗议的肌肉允许他们继续前进。如今，他们肯定已经是所有执行过太空任务的人里面体能最好的。可是血肉之躯，能力终归有极限。

经过一个小时的跋涉，他们来到了扶梯的第四段，这里距离平原大约有三公里。从这里往上的路程会轻松很多；重力已经降到地球水平的三分之一；虽然时不时地还会出现震动，但再也没有异乎寻常的现象发生，而且光线还算充足。他们变得乐观起来，甚至在想会不会离开得太早了。然而，有一件事情确凿无疑，他们再也回不来了。刚才是他们最后一次踏足罗摩的平原。

正当众人在第四层平台上做十分钟休息时，乔·卡尔弗特突然叫道：

"什么声音，头儿？"

"声音！——我什么都没听见啊。"

"尖厉的哨声——音调正不断降低，你肯定能听见。"

"你的耳朵比我的年轻多了——哦，这下听到了。"

哨声像是从四面八方传来。一会儿就变得十分响亮，甚至刺耳，并且音调迅速降低。然后突然听不到了。

几秒过后，哨声又响起来，重复刚才的过程。声音哀婉，令人动容，就像灯塔上响起了汽笛，向浓雾笼罩的夜晚送出警报。这哨声是个信号，并且十分紧急。它虽然不是为他们的耳朵设计的，但他们能听得懂。随后，像是为了双重保险，太阳光也来参与传递信息。

阳光先是暗到几不可见，然后又亮起来。明亮的光珠形如球状闪电，沿着六道重新照亮世界的峡谷快速滚动。光珠运动节奏一致，催人昏昏欲睡，都是从两极向柱面海移动，这只能表示一个意思："去海里！"阳光在召唤，"去海里！"这些召唤难以抵挡，每个人都感受到一种冲动，想要回过身去，抛却俗世，到罗摩的海水里去。

"中轴区指挥台！"诺顿急忙呼叫道，"你们能看见出什么状况了吗？"

彼得的声音传来，他听起来十分震惊，而且相当恐惧。

"是的，头儿。我正在观察整个南岸大陆。那边还有不少生机人——包括一些大块头。有塔吊、推土机——还有许多拾荒者。它们全都在冲向柱面海，速度比我之前所观察到的都快。有一个塔吊——就在海边！和吉米一样，但是下落速度快多了……撞上海面时摔成了好几块……鲨鱼来了……在撕扯塔吊……嗯，这一幕真是让人难受……

"现在我正看向平原。有个推土机似乎坏了……正一圈一圈地绕圈子走。现在有两只螃蟹在撕扯它，把它撕成碎片……头儿，我看你最好快点儿回来。"

"相信我，"诺顿深有同感地说，"我们已经在拼命赶路了。"

诺顿不由自主地产生一种印象，罗摩正在像准备迎接风暴的船一样，给舱口钉上固定板条，尽管这个印象并没有逻辑基础。

他再也无法保持完全理性了。在他脑海里,有两股冲动正在激烈斗争——他必须逃离,同时又想追随天上不断闪耀的道道电光,遵从它们的旨意,和生机人一起奔向海洋。

还有最后一段扶梯——然后再休息十分钟,好缓解肌肉的疲劳。然后继续出发——再走两公里,不过还是尽量别想这些——

一串串让人抓狂的、音调不停降低的哨声突然停了。与此同时,沿着"直谷"峡槽快速流动的光球也停止了奔向海洋的步伐。罗摩的六道条状太阳再一次变成六道连续的光带。

不过太阳很快就暗淡下去,有时候还会闪烁几下,像是有大股的能量从不断衰竭的能量源头抽了出来。脚下时不时传来轻微的震动——舰桥报告说罗摩仍然在以几乎无法察觉的缓慢速度转向,仿佛一根指南针在对微弱的磁场作出反应。也许这还让人放心一些,倘若罗摩停止了转向,诺顿就真的要担心了。

彼得汇报说,所有生机人都消失了。整个罗摩内部,仅有的活动就来自几个人类,正以极其缓慢的速度,沿着北半球弯曲的内壁向上攀爬。

诺顿早就克服了第一次攀爬时的眩晕感,可是现在,一种新的恐惧正袭上心头。在这里,在从平原向中轴区没完没了的攀爬途中,他们太脆弱了。万一罗摩完成了姿态调整,开始加速怎么办?

可以想见,罗摩的推力方向将在自转轴上。如果推力指向北极,那还没什么问题,他们会被更加结实地顶到正在攀爬的陡坡上;可万一推力指向南方,那他们就有可能被扫到半空中,最终落回身下远处的平原。

诺顿试着安慰自己说，罗摩就算加速，其加速度也会非常小。佩雷拉博士的计算最有说服力，罗摩的加速度不可能超过地球重力的五十分之一，不然的话，柱面海就会漫上南岸高崖，淹没整片大陆。可是佩雷拉一直在地球上舒舒服服地做研究，头顶上可没有好几公里高、向外延伸出来、像是随时都会劈头砸下来的金属墙壁。而且说不定罗摩的设计就是要周期性地洪水泛滥呢——

不对，这样想也太荒唐了。几万亿吨的质量竟会突然起动，加速度足以把他甩脱下来，这念头真是太荒唐了。不管怎样，最后这段路程里，诺顿绝不会让自己距离扶手太远。

仿佛好几辈子都过去了，扶梯终于到尽头，只剩下几百米嵌在内壁的垂直梯子了。这一段没必要爬，因为这里重力轻微，在中轴区，一个人用绳索就能轻松地把另一个人拽上来。就算是在梯子底部，一个人的重量也不会超过九公斤，到了梯子顶，重量为零。

于是，诺顿套着吊索，放松下来，时不时抓一把梯级，来对抗虽然微弱，却仍旧试图将他推离梯子的科里奥利力。最后一眼望向罗摩时，他几乎忘记自己抽筋的肌肉。

现在的亮度相当于地球上满月时的夜色，整个罗摩的景色都无比澄清，可他已经看不清太多细节了。南极如今在闪光的雾团中，已经有一部分无法辨识，只有大角从迷雾中伸出来，正对着他，变成一个小小的黑点。

海对面那片虽然仔细测绘过，却仍然无从了解的陆地上还跟过去一样，随处散落着补丁一样的田地。那里距离太远，只有一点点大，又充斥着复杂的细节，靠眼睛看，根本看不真切，诺顿只能看个大概。

他的眼睛绕着柱面海的环带看了一圈，第一次注意到扰动的海水中有个规则的纹路，像是海浪扑上以几何图形般精确安置的礁石。罗摩的变轨动作正在产生微弱的效果。诺顿相信，如果他让巴恩斯中士驾驶着已然消失的"决心"号渡过柱面海的话，她肯定会很乐意在这种海况下出海航行。

纽约、伦敦、巴黎、莫斯科、罗马……他向北岸大陆的城市一一道别，希望罗摩人能原谅他所造成的损害。也许他们会理解，这一切都是为了科学。

这时，突然间，诺顿已经到中轴区了，一双双手焦急地伸出来抓住他，催着他穿过气闸舱。诺顿双手双脚不受控制地抖个不停，让他几乎没办法自己行动，于是他乐得让其他人像对待半瘫痪的病人一样帮他一把。

随着他进入中轴区正中的凹坑，罗摩的天空在他头顶围拢过来。随着气闸舱通往内部的舱门永远地挡住这片景观，诺顿心想："最靠近太阳的地方，罗摩的夜晚却降临了，真是奇怪呀！"

第四十四章

宇宙推进器

一百公里勉强算是安全距离了,诺顿心想。现在罗摩成了一个巨大的黑色矩形,正好露出整个侧面,在太阳的照耀下闪闪发光。诺顿利用这个机会,让"奋进"号飞进阴影里,从而减轻飞船制冷系统的压力,还做了些没有及时进行的维护作业。罗摩具有保护作用的锥形阴影区随时都有可能消失,诺顿打算尽量把它利用起来。

罗摩仍然在转向,现在已经转过十五度左右,很可能还会有大的轨道调整。在联合行星,人们已经兴奋得近乎癫狂,但"奋进"号里对此却只有一丁点儿回应。飞船的船员们不论身体上还是情绪上都已经疲惫至极。离开北极基地后,除了基本的值班人员,每个人都睡了十二个小时。诺顿本人还遵从医生的命令,使用了电镇定手段。即便如此,他还是梦见自己在没头没尾的扶梯上攀爬。

回到船上的第二天,各方面差不多都恢复常态了,探索罗摩已经仿佛是另外一段人生。诺顿开始处理堆积起来的公务,并且制订未来的计划。可是他拒绝了那些采访要求,也不知他们怎么混进勘探局,甚至太空卫士的无线电通信线路的。水星一直没有消息,联合行星大会暂时休会,不过一个小时之后就会继续开会。

诺顿正在享受离开罗摩三十小时以来的第一个好觉,却被人粗鲁地摇醒了。他晕晕乎乎地咒骂着,睁开一只惺忪的睡眼看看卡尔·梅瑟——随即像所有优秀船长一样,一下子清醒过来。

"停转了?"

"是的,像块石头一样,一动不动。"

"去舰桥。"

整艘飞船都醒了,就连笨笨都知道有事情正在发生,并且发出焦躁的叫喊声,直到麦克安德鲁斯中士飞快地打着手语把它们都安抚下来。然而,诺顿一边坐进椅子,系好腰间的安全带,一边心想,这会不会又是一次假警报。

罗摩此刻跟他们距离太远,看起来像是个粗短的圆柱体,隔着罗摩的一条边能看见太阳边缘刺眼的光芒。诺顿操纵着"奋进"号,让它轻轻地躲回人造日食的阴影里,看见珍珠般璀璨的日冕重新出现在点点星光的背景之中。有一道巨大的日珥,至少有五十万公里高,爬升的距离太远太远了,上部的枝枝杈杈看起来就像是一株深红色的火树。

这么说来,我们就只好等着了。诺顿心想,要紧的是,不论要等多久,都不能感到无聊,要随时做好应对准备,还要保持所有设备运转良好,并做好记录……

这可真奇怪。恒星方位正在偏移,像是他启动了推进器,让飞船翻滚起来。可他什么控制键都没碰过,何况就算飞船真有什么动作,他也该马上就察觉到。

"头儿!"卡尔弗特从领航员的位置上着急地说道,"我们在翻滚——看看星星!可我这里没有收到任何设备读数!"

"速率陀螺仪运转状况?"

"十分正常——我这里的读数为零。可我们正以每秒钟好几度的速率打转!"

"这不可能!"

"可不是吗——可你自己看……"

如果所有仪表都失灵,人就只能依靠自己的眼睛了。诺顿一点儿都不怀疑,群星方位的确在缓缓转动——那是天狼星,正在划过飞船左舷的边缘。要么是宇宙——重新变成了哥白尼之前的样子——突然决定绕着"奋进"号打转,要么就是群星一动不动,是飞船正在转圈。

第二种解释似乎更有可能,可是这又涉及一些难以解释的矛盾之处。如果飞船真的在以这样的速率自转,他肯定能感受到——就像老话说的,屁股都知道。所有陀螺仪也不可能在彼此没有关联的情况下,在同一时间全部失灵。

那就只剩下一个解释了。"奋进"号上的每一个原子都被某种力攫住——只有强大的重力场能产生这样的效果。至少,在已知的力场里只有这一种……

突然,群星消失了。太阳那夺目的圆盘从罗摩的身后出现了,强烈的太阳光把群星赶出了天幕。

"你能读取雷达数据吗?多普勒效应数据怎样?"

诺顿已经做好雷达也失灵了的心理准备,可是他猜错了。

罗摩终于起程了,它正以0.015个重力加速度微微加速。诺顿心想,佩雷拉博士该高兴了;他之前判断最大加速度在0.02。而在罗摩苏醒的过程中,不知为何,"奋进"号像水面上漂浮的杂物一样被卷了进去,在不断加速的飞船后面一圈一圈地转个不停……

一小时又一小时过去了,加速过程一刻不停。随着速度不断增加,罗摩与"奋进"号的距离越拉越大。随着距离的增加,飞船的异常动作也渐渐停歇了,正常的惯性定律再次开始起效。刚才那一会儿,他们究竟是被何种能量所裹挟,所有人也毫无头绪,只有猜测了。诺顿庆幸早在罗摩启动推进器之前,自己已经让"奋进"号与之保持一段安全距离了。

至于说那推进器是什么原理,如今有一点可以肯定了——尽管除此以外全是谜团。推进器在推动罗摩进入新轨道时,既没有喷射气体,也没有发射离子束或等离子束。中士兼教授迈伦的描述比所有人都精当,他在震惊之余,用难以置信的语气说:"牛顿第三定律完蛋啦。"

可是第二天,当"奋进"号用尽最后一滴推进剂,把自己的轨道向外推时,依靠的还是牛顿第三定律。这个改变虽然很小，却将轨道近日点距离增加了一千万公里。这之间的区别就在于，是让飞船制冷系统的负荷达到百分之九十五——还是全船壮烈殉职。

他们完成自己的变轨动作时，罗摩已经在二十万公里开外了，迎着夺目的太阳，很难看见它。可是他们还是能通过雷达精确测量出它的轨道，而他们越是观察，就越是感到困惑。

他们一遍遍地检查数据，直到不得不得出这个令人难以置信的结论。看来，水星人的所有恐惧，罗德里格的所有壮举，还有联合行星大会上的所有慷慨陈词，其实全都是徒劳无功。

诺顿一边看着最终数据，一边想，也许罗摩的计算机在安全导航上百万年后，却犯了一个微不足道的错误——没准儿仅仅是把某个等式的加号改成了减号，如果的确是这样，那可真是个宇宙级大笑话啊。

之前所有人都已经确信，罗摩将失去速度，从而被太阳的重力所捕获，变成太阳系里新的行星。可它的举动恰恰与此相反。

它正在获得速度——却飞向了最糟糕的方向。

罗摩正以前所未有的速度，飞快地坠向太阳。

第四十五章

凤 凰

随着有关罗摩新轨道的细节越来越清楚,人们越发无从得知罗摩怎样才能逃脱这场灾难。只有少数彗星曾经在这样近的距离上与太阳擦肩而过。到了近日点,罗摩距离那座氢元素熔融翻滚的炼狱只有不到五十万公里。任何固体材料都经受不起如此近距离的高温炙烤;构成罗摩外壳的坚硬合金远在十倍于此的距离上就会开始融化。

"奋进"号如今已经经过了它自己的近日点,让所有人都松了一口气,此刻正慢慢与太阳拉开距离。罗摩则一马当先,运行在其更靠近太阳、速度更快的轨道上,而且看样子已经深入日冕的最外层。"奋进"号占据了观赏这出大戏最后一幕的最佳位置。

罗摩跟太阳距离有五百万公里,并且仍在加速,这时,罗摩开始织茧了。直到这时,"奋进"号的望远镜把功率开到最大,仍然能看见明亮的、形如小棍子的罗摩。突然间,罗摩开始冒出火花,仿佛透过地平线上的雾气看见一颗明星。它仿佛正在土崩瓦解。诺顿看着罗摩崩解的画面,想起这样奇伟壮观的存在就此消失,心中感到无比沉痛与惋惜。紧跟着,他意识到罗摩仍在那里,只是整个笼罩在明亮的雾气当中。

然后就消失了。罗摩刚才所在的地方有一个明亮的、像星星一样的东西,看不出圆面——仿佛罗摩眨眼间缩成了一颗小球。

众人过了好一阵子才意识到发生了什么。罗摩的确消失了:它现在被包裹在一个能够反射一切的球体里,这球体直径约有一百公里。现在他们能看到的只有球面靠近他们那一部分倒映的太阳本身。在这个保护泡的后面,可以想见,罗摩一点儿不会受到太阳地狱般的炙烤。

时间一小时一小时地过去了,泡泡的形状变了,太阳的倒影变长了、扭曲了。球形变成椭球形,长轴指向罗摩飞行的方向。就在这时,飞船收到机器人观察站发来的异常报告,而这些机器人观察站两百年来一直都在监视太阳。

太阳磁场出现了某种变故,位置就在罗摩附近。闪闪发亮的椭球形周围形成了百万公里长的磁力线,这些磁力线穿透日冕,将日冕丝丝缕缕炽热的、离子化的气体加速到足以摆脱太阳重力的强大束缚。虽然这一切眼睛还看不到,但是轨道上的观察设备汇报了磁通量和紫外线辐射量的每一点变化。

而现在就连肉眼都看得出日冕上的变化。在太阳高高的外层大气里出现了一根泛着微光的管道,足有十万公里长。它沿着罗摩的轨道略微弯曲，而罗摩本身——或者说围绕着罗摩的保护壳——看起来就像一枚闪闪发亮的子弹头，鬼魅般沿着穿透日冕的管道越飞越快。

罗摩仍然在加速，现在速度已达到每秒两千公里，但这还是无法摆脱太阳的束缚。现在，罗摩人的策略终于明朗了——他们之前如此靠近太阳，就是为了从源头抽取太阳的能量，从而让自身获得更高的速度，向着他们那无人知晓的最终目标进发……

目前来看，他们不光是想抽取能量。对此谁也不能确定，因为距离最近的观测器也在三千万公里之外，不过还是有确凿迹象表明，物质正从太阳流入罗摩之中，仿佛它在补充自己在上万个世纪的太空漂泊中泄漏和损失的物质。

罗摩绕着太阳越飞越快，此刻速度已经比一切穿过太阳系的物体都要快了。再要不了两个小时，罗摩的运动方向的改变就会超过九十度，而它已经给出了最后的、近乎鄙夷的证据，证明它对这个被它大为惊扰的世界毫无兴趣。

罗摩正在偏离黄道带，向下进入南半天，远在所有行星运转的平面之下。这个方向直指大麦哲伦星云，以及银河系之外那些孤独的漩涡星系，不过这显然不可能是罗摩的最终目的地。

第四十六章

插 曲

"请进。"诺顿听见轻微的敲门声,心不在焉地说道。

"有些新闻要给你,比尔。我希望赶在其他船员插手之前,第一个告诉你。不管怎么说,这是我的专业领域。"

诺顿似乎仍在走神。他躺在那里,两手交叉,枕在脑后,眼睛半闭着,舱室里的灯光很暗——他没有真睡着,只是掉进了白日梦,或者是私密的幻梦里了。

他眨眨眼,突然回过神来。

"抱歉,劳拉——我没听明白。什么新闻?"

"别说你忘了!"

"别逗我了,你这个坏女人。最近我脑子里在想好多事呢。"

医务官厄恩斯特沿着滑槽拖过一把固定椅,在他身边坐下。

"尽管星际危机来来去去,但火星上官僚体系的车轮还是要滚滚向前，无可阻挡。不过我猜罗摩还是帮了大忙。幸亏你不必得到水星人的批准。"

灯亮了。

"哦——洛威尔港已经批准了！"

"不光如此——还已经生效了。"劳拉瞥了一眼手上的单子，"即刻生效，"她念道，"没准儿就是现在，你的小儿子已经在妈妈肚子里了。祝贺你。"

"谢谢。等了这么久，希望他不会介意。"

和所有宇航员一样，诺顿在干这一行时就做了绝育手术；因为人如果在太空中待上好几年，由辐射引起的种种基因变异不光是个风险——而是一种必然。远在两万亿公里外的火星上，承载他的基因的精子已经被冰冻保存了三十年，一直等待决定它命运的时刻。

诺顿心想，不知道能不能及时赶回家，迎接新生命。他已经获准休假——这就是宇航员所过的平常家庭生活。既然任务实际上已经结束了，他可以放松下来，重新想象自己和两个家庭的未来。是的，是该回家待一阵子，弥补失去的时间了——在很多方面都是如此……

"我过来可纯粹是为了公事啊。"劳拉微微抗议道。

"咱们认识这么多年了，"诺顿回答，"对彼此的了解可不止于公事吧。再说，你现在又不当值。"

"这会儿你在想什么?"过了好久,医务官厄恩斯特问道,"但愿你不要变得多愁善感起来。"

"没想咱们俩。我在想罗摩。我开始想它了。"

"你可真会哄女人。"

诺顿把她搂得更紧了。他时常想,无重力环境里有一件最美妙的事情就是,你可以真的整晚搂着一个人,而丝毫不会影响血液流通。有些人还声称,在一个标准重力下的爱情太过沉重,他们再也无法从中获得乐趣了。

"有一个广为人知的事实,劳拉,是说男人跟女人不同,脑袋里总是同时想两件事。可是说真的——那个,我说真的——我的确有一种失落感。"

"我能理解。"

"别跟我这儿开门诊,原因不光是这一个。哦,算了。"他放弃了。这不好解释,连他自己都想不明白。

他的成功超过了所有合理预期,他的手下在罗摩里的发现足够让科学家们忙活好几十年。而且,最最重要的,他完成这一切时没有一例伤亡。

可他还是失败了。尽管人们可以无穷无尽地猜测下去,但罗摩人究竟什么样,他们的目的是什么,人们仍然毫无头绪。罗摩人把太阳系当成加油站——补给站——随你怎么称呼,然后弃之如敝屣,继续上路,去完成更加重要的事情了。他们甚至有可能压根儿不知道人类的存在。如此彻底的漠视,比任何蓄意侵犯还要恶劣。

诺顿最后一次望向罗摩时，罗摩变成一颗微小的星星，正越过金星，向外疾飞。他知道自己的一部分生命结束了。诺顿才五十五岁，可他觉得自己已经把年轻岁月留在那里，留在弧形的平原上，留在种种谜团和奇观中间，此刻正无可阻挡地飞离人类所触及的范围。不论未来授予他何种荣耀与成就，他的余生都将被一种兴味索然的情绪和错失良机的认知所困扰。

他这样告诉自己。可即便是在事发当时，他也本该想到这些。

而在遥远的地球上，卡莱尔·佩雷拉也还没有告诉任何人，他如何从躁动的睡梦中醒来，脑海中仍旧回响着从潜意识中冒出来的信息：

罗摩人不论干什么，都要好事成三。

读客
科幻文库

跟着读客读科幻，经典科幻全看遍。

太空歌剧、赛博朋克、奇幻史诗……
中国、美国、英国、俄罗斯、波兰、加拿大、日本、牙买加……
读客汇聚雨果奖、星云奖、轨迹奖获奖作品，
精挑细选顶尖的科幻奇幻经典，
陪伴读者一起探索人类文明的过去、现在和未来，
亿亿万万年，直至宇宙尽头。

图书在版编目（CIP）数据

与罗摩相会 /（英）阿瑟·克拉克（Arthur C. Clark) 著；刘壮译. —— 南京：江苏凤凰文艺出版社，2018.5（2025.6 重印）
（读客外国小说文库）
书名原文：Rendezvous with Rama
ISBN 978-7-5594-1655-1

Ⅰ. ①与… Ⅱ. ①阿… ②刘… Ⅲ. ①长篇小说 – 英国 – 现代 Ⅳ. ① I561.45

中国版本图书馆 CIP 数据核字（2018）第 043278 号

RENDEZVOUS WITH RAMA by Arthur C. Clarke
Copyright © 1973 by Arthur C. Clarke
Simplified Chinese translation copyright © 2018 by Dook Media Group Limited
This edition published by arrangement with David Higham Associates Ltd.
through Bardon-Chinese Media Agency
All rights reserved

中文版权 © 2018 读客文化股份有限公司
经授权，读客文化股份有限公司拥有本书的中文（简体）版权
图字：10-2018-065 号

与罗摩相会

［英］阿瑟·克拉克 著　刘 壮 译

责任编辑	丁小卉
特约编辑	姚红成　黄迪音
封面设计	读客文化　021-33608320
责任印制	刘 巍
出版发行	江苏凤凰文艺出版社
	南京市中央路 165 号，邮编：210009
网　　址	http://www.jswenyi.com
印　　刷	三河市中晟雅豪印务有限公司
开　　本	890 毫米 ×1270 毫米　1/32
印　　张	9.25
字　　数	183 千字
版　　次	2018 年 5 月第 1 版
印　　次	2025 年 6 月第 17 次印刷
标准书号	ISBN 978-7-5594-1655-1
定　　价	42.00 元

江苏凤凰文艺版图书凡印刷、装订错误，可向出版社调换，联系电话：010-87681002。